LIFE MATTERS

生命重于泰山

冯郑州 / 著

上海社会科学院出版社
SHANGHAI ACADEMY OF SOCIAL SCIENCES PRESS

前　言

2020年春节前，我来到海南岛神州半岛，准备利用春节休假的时间，将这些年撰写的《商道一千零一夜》初稿做一个修改。这部一百多万字的书，记录了我创办协会以来所遇到的人与事，想通过一个个故事来反映我曾经经历过的岁月，让大家了解我们协会在光鲜亮丽的背后是如何从艰难与挫折中一步步走过来的，让大家了解在残酷无情的商场中的必胜之道，从而给年轻人一点启发。

却没料到，来到神州半岛没几天，一场突如其来的新冠病毒疫情在全国流行。因为有被感染的病例，不仅我住的小区被封闭，连神州半岛也被封闭。被困在岛上，被阻在家中，这让我对人生有了许多新的思考。我突然醒悟到，一个人没有什么比健康、比生命更重要了。就生意人来说，或许你在商场可以呼风唤雨；就企业家来说，或许你的公司在行业名列前茅；就学者来说，或许你的研究成果累累；就作家来说，或许你的作品影响深远，但是你如果失去了健康，这一切又有什么意义呢？我在商会工作几十年，接触到大量的商人与企业家，又由于工作的关系，与一些文化工作者也有交往，我发现他们中有不少人出于各种各样的原因，或心情抑郁，或百病缠身，生活质量并不高。有些老朋友曾向我透露，如果有机会让他们再做一次选择，他们一定会将健康放在首位。由此我也萌发了撰写一本有关健康的书的想法，通过我身边的人和事，告诉大家健康的价值、生命的意义。我觉得写这样一本书，可能比那本《商道一千零一夜》更有现实意义，更受大家的欢迎，于是我毅然地将《商道一千零一夜》的书稿搁置一旁，另起炉灶，以“生命重于泰山”为题开始写这本书。就在那些被封闭的日子里，我不停地写，不停地写，有时一天只睡几个小时，正巧在居家隔离结束的时候完成了初稿。回上海后，我一方面进行修改，一方面又补写了一些篇目，最终形成了现在这个模样。我希望我的朋友们或读者们通过阅读这本书，能用心去体会生命的意义，尊重生命的规律，热爱事业，拥抱生活，活得更健康、更精彩。

在此书的出版过程中，刘庆云参与了策划，张胜洪、胡甜甜以敬业的精神做了许多工作，在此深表感谢。

目录

前言 1

钢铁是怎样炼成的 1
大事和小事 3
情绪是生命的指挥棒 4
痛定思痛 6
百岁老人 8
热爱生命 10
牢骚太盛防肠断 12
物质求生存，精神求永恒 14
用脚丈量大地 16
要注重饮食起居规律 18
情绪是生命的指挥棒 20
身边不带钱 22
这样喝有意思吗 24

心理素质 26
水是生命之源 29
高手在民间 31
呼吸新鲜空气 34
如果没有运动，生活将是一个错误 36
科学饮食 38
禁糖 41
智者的前行 43
不凡的女性 45
使命 47
攀登者 49
长袖善舞 51
识于偶然，友谊永久 53
行走天下 56
预见 59
免疫力 61
足球的魅力 63
为国争光 65
心静则灵 67
童心 69
行云流水的大手笔 71

平凡的风采 73
真正的青春 75
小荷尖尖 77
幸福的故事 80
苦与乐 83
足尖的魅力 86
仁者长寿 89
无规律生活的悲剧 91
山海经 93
选择 95
人生的意义 97
人生贵相知 99
极致的追求 101
不幸是一所大学 103
变化是永恒的 105
一蓑烟雨任平生 107
体检 109
你高兴吗 111
健康的规律 113
志在暮年 115
反思 117

悠悠万事，唯此为大 119
执着 120
膏方 122
交流 124
十性 126
老当益壮 128
狼真的来了 130
生命至上 132
希望 134
一息尚存 136
地铁里程最长的城市 138
骨头汤 140
生命是最宝贵的 142
过劳死 144
适者生存 146
自古英雄出少年 148
宁折不弯 150
我为什么经常拒绝吃请 152
拼命三郎 154
朋友的质量 156
女排精神 158

放下 160
危机和转机 162
生命的意义在于奋斗和创新 164
工作是美丽的 166
激情挥洒的人生 168
爱心永恒 169
为了不会忘却的朋友 171
光盘行动 179
谦虚的美德 181
浓缩的人生 182
网络生活 185
话聊 187
文学的定位 189
志向与心态 191
个体与群体 193
兴趣与生活 195
过度与适度 197
富人俱乐部里的狼 199
滴水穿石 202
平衡的艺术 206
偶然和必然 208

为什么睡不着 210
和衰老做斗争 212
碎片时间 214
在奋斗的路上找到人生 216
不忘初心 218
拥抱变化 219

钢铁是怎样炼成的

我有一个老友李霖华。我们是几十年的兄弟了。十几岁的时候我们都到东北延边插队，我在一个大山深处的穷山村整整奋斗了五年，后来到复旦大学国际政治系读书，霖华则留在东北当上了中朝边境图们市的市长。几年后他就下海了，他是我国做边境外贸最早的一批人之一。之后他又回到上海，组建了自己的公司做外贸业务。霖华的英语很好，我当时推荐他给企业家做有关进出口贸易的讲座，很受欢迎。但是他自己做的那些外贸业务都不很顺利。2004 年，协会合作方在上海金茂大厦正式组建了一个外贸公司，我就聘请他在这家公司做总经理。但是之后他就病了，病得很严重。他得的是癌症，而且癌细胞已经扩散。他先后在全国各地的三级甲等医院进行过治疗，也化疗了多次，没有任何效果，医院对他家属说死神已向他招手。但是他的意志很坚定，他说生活这么美好，他想活下去！治疗是个长期的、极其痛苦的过程，因为化疗的副作用，他每吃一口饭就要吐出来，但是他又会吃第二口、第三口，医生都惊叹他的意志力和生存的勇气。一年半以后奇迹发生了！霖华的身体恢复了，身上的癌细胞消失了，他又重新站了起来。2019 年我们在上海见面，我看他神采飞扬气色很好。我特别敬佩他和病魔抗争的意志力。实际上人的一生就是和疾病和病毒斗争的一生，这个时候坚定的意志力是很重要的。你要去战胜疾病，你就必须有钢铁般的意志、冰山般的沉静和逆风飞扬的气质，但是说说容易做到难。我想只有在逆境中练就强大的内心，战胜精神上的病毒，钢铁才可以炼成！

大事和小事

这么多年来，在协会工作的不少年轻人都很优秀，小吴就是其中一个。她从瑞典留学回来，在世界知名的法国香奈儿公司工作过。她是一个充满活力的、敬业的又很智慧的年轻人，应聘了协会的秘书后，在工作中有很多创意，有亲和力，智商、情商都很高。她工作两年多后，得了哮喘病。我对她说，身体健康永远是第一位的，这时不要多考虑工作，要把病治好。她治疗了一年多的时间身体才逐步恢复健康。通过这场病，她对生命有了新的认知，她的微信的首页有这样一句话：在生与死面前一切都是小事。实际上大事和小事也是对立统一的。人生当中只有健康才是大事，身体健康，生命才有价值。我经常说，金钱不是万能的，但没有金钱是万万不能的；精神不是万能的，但是没有精神是万万不能的；朋友不是万能的，但是没有朋友是万万不能的；健康是万能的，没有健康是万万不能的。我们谈这个战略，那个战略，但是最重要的是生命可持续发展战略。

情绪是生命的指挥棒

因为工作的关系，我和中信泰富公司的一些老总都是很好的朋友。中信泰富北京公司的老总在一次体检中被查出身患癌症，治疗了一段时间后医生与家属做了一次谈话。医生对他的儿子说，你父亲的肺癌已经扩散，到了晚期，估计生命的存活只有几个月的时间，先不要告诉他，有什么要求都满足他，让他在临终前少一些遗憾。但是，子女思前想后，还是把医院的诊疗结果告诉了父亲。他听了以后很平静地说，这个病我知道，上帝已经向我招手了，但是我不想死在北京，北京的雾霾很厉害，我还是到海南的神州半岛去吧！因为他在神州半岛有一套房。就这样家人把他送到了神州半岛。一年过去了，两年过去了，三年过去了，四年过去了，整整八年都过去了，直到今天他在神州半岛还健康地活着。为什么？实际上很简单，海南神州半岛的空气在中国是最好的，它的空气负离子是北京的一万多倍。神州半岛的土地是含硒的，所以在这个岛上居住的人没有一个得癌症的。神州半岛的大海是壮阔的、深邃的，它使得人也有了山一样的伟岸、海一样的宽广。当然，心态也至关重要，像我们这一代人经历过无数的挫折、磨难和艰辛，碰到人生的一些灾难能够冷静对待。有的人得了病就恐慌、悲观，心理的疾病加速了生理的疾病。所以有医生说不少病人，特别是得癌症的病人，不是被治死的，而是被吓死的。恐惧本身就是精神的病毒。实际上情绪是生命的指挥棒，如果你是个有情怀的人，你就应该有阳光的心态、月光的情怀，你就会在任何困难面前，笑看云卷云舒。你要坚信黑夜终将过去，金色的黎明一定会到来！我的这位朋友不是就看到了面朝大海、春暖花开的盛景了吗！

痛定思痛

我是个喜欢交朋友的人，同时也因为工作的关系，手机上有着大量的联系人，但是真正称得上知己的很少。徐少军就是我的老友、兄弟和真正的知己，我们是中学的同学，当年都在同济大学附中读书。之后他去当了兵，又上了北京外国语学院，工作以后，就走上了职业外交官的道路。他先在中国驻墨西哥大使馆工作，数年后他又到国务院港澳办工作过，随后又担任全国人大常委会港澳司负责人。他是一个正直、善良、才华横溢的人，热爱文学，出版和翻译过不少文学作品。他也是中央电视台外语频道的特约嘉宾和评论员。我记得自从有了微信，我们就一直有联系。他是一个忙人，但是这么多年来他几乎每天都给我发微信，从未中断，这在我巨大的朋友圈中是极罕见的，也显示了我们兄弟之间极深的友谊。几十年来，他活跃在各种重大的外事场合，参加各种饭局，他经常跟我说这就是他工作的一部分。他又是一个美食家，酒量也很惊人。我记得有一次他来上海，作为老友，我对他说，你这么多年来吃遍了美味佳肴，你这个胃受得了吗？这个对你身体是没有好处的。我告诫他，要他注意。但是就是在2019年，一件不幸的事情还是发生了，有一天，他的夫人泣不成声地告诉我，少军因患胰腺癌去世了。那些天因痛失老友，我心情十分沉重。痛定思痛痛更切，我以何物慰忠魂！少军本来身体很好，但是长期以来由于习惯、爱好和种种原因，频繁参加各种饭局，他的胃怎么能够承受得了这样的重负？当然，这是个渐变的过程，这是个从量变到质变的过程。实际上人的健康就是要粗茶淡饭，吃到七分饱就可以了。我的不少朋友现在都是过午不食了，就是中午吃得好一点、多一点，晚上就不吃饭了。从医学上来说，让身心和肠胃得到休息，有益于健康。许多惨痛的教训告诉我们，要尊重生命的规律，要养成好的饮食习惯，病从口入，我们一定要杜绝山珍海味，一定要杜绝大吃大喝，一定要杜绝奢侈浪费，这样才能保证有一个健康的身心。为寄托我的哀思，我给少军写了一首《江城子》，词如下："夜深人静思无穷，悼挚友，在心中。长歌当哭，和泪折残红。茫茫大雪凛冽风，叹无常，追思梦。　　才华横溢文武功，大才情，气如虹。音容笑貌，尽在不言中。痛定思痛千滴泪，流不尽，寄春风。"

百岁老人

2014 年，我和一些朋友来到海南岛万宁的神州半岛，我一下子就被这里的自然景观所吸引。这里有蓝色的大海，清新的空气，千姿百态的花卉。人走在椰林之中真的有“采菊东篱下，悠然见南山”的意境。那个时候，海南的房地产很萧条，房价很便宜，品质很好的房子，每平方米也仅几千元。我记得有个销售员小刘，她是生活在万宁乡镇的年轻人，久居乡间。有一次春节前夕，房产销售的老总去慰问她的家属，走到东澳镇寂静的农村，看见一位老太太在田间摘菜，就问小刘她是谁，小刘说这是她的奶奶。又问奶奶多大岁数了，她说奶奶今年已经 112 岁了。所有去看望的人都感到吃惊，老奶奶 100 多岁居然还能在田间干活。这真实的情景，使人引发了无数的感触。万宁是中国的长寿之乡，有许许多多像她奶奶这样的高龄老人，他们生活在农村，每日下地干活。他们是辛苦的，他们过着非常简朴的生活，对城市里的人来说，这种生活就是清贫。但是他们是健康的，他们是快乐的，这难道就不是一种真正意义上的人生呢？我们无数的人，追求大城市的繁华，所以这么多年来我们的农村只剩下一些留守儿童和老人，我们究竟要追求一种什么样的生活呢？难道生命的健康不正是我们所追求的真正的幸福吗？这个问题值得我们每一个人去认真反思。对待生命要有一个正确的认知，方向不能错，方向对了就不怕路远。沿着江河走，你最终会看到浩瀚的大海。有感于此，我立马就在这个风景秀丽的岛上买了一套小房子。我希望我们每个人都能认识到生命的规律，能在一个易居之处，呼吸着清新的空气，放眼无敌的景观，去追寻生命的健康。

热爱生命

我们生活在当今这个高速发展的社会之中，会碰到很多不尽如人意的事情，如老年人的医疗与养老，中年人的事业与婚姻，年轻人的工作与情感，等等。所以在生活面前，有的人心情就不好了。我记得有医生曾经跟我说，在中国忧郁症的患者大约有几千万人，他们对生活不满，他们对自身不满，他们对生命感到惶恐，有的时候由于各种原因失去了继续生活下去的勇气。面对种种不如意的生活我们应该要保持什么样的心态呢？这是每一个人都应该思考的。我们每个人活着都不容易，从上小学、上中学、上大学到走上工作岗位，你会碰到形形色色的人和事，你会有很开心的时候，也会有很烦恼与痛苦的时候。人为什么不可以活得快乐一些呢？对任何人来说，生命只有一次，要珍惜它，要热爱它。我们可以从日常生活当中，找到生命的快乐，比如坐地铁的时候，我都很感恩那些建造地铁的人，因为有很多工人在暗黑的地下日复一日、年复一年地劳作，这才有了这个快捷的地铁，是民工艰辛的劳动给我们带来了享受与快乐。那一年我在匈牙利的布达佩斯，坐的游艇沿着多瑙河缓缓前进，这时耳边响起了多瑙河之波圆舞曲的旋律。在月色下，当听到这一音乐的时候，我顿时感觉到生命的美好。在我们的生活当中，如果碰到智慧的朋友，大家一起交谈，这种无话不谈的场景也会使我们很开心。所以我觉得人要去找乐，快乐不是自动出现的，你必须去找，你要去找有质量的音乐，你要去找有质量的人，你要去找那种优美的环境，你要在工作和奋斗当中，不停地去领略生命的真正意义。所以在这里我要说，不管碰到什么问题和风波，你一定要记住，要用你的心去感知这个世界，你要热爱生活，热爱生命。

牢骚太盛防肠断

记得有一次我去参加我的母校复旦大学的校庆，我系的师生一起开了一个座谈会。复旦毕业的人，都是能说会道的，一谈就是天下风云，也有不少人愤世嫉俗，发表一些过激的言论。我则在一旁默默无语。记得老师问我：为什么你不讲话？我笑着说，现在我们有些人满腹牢骚，这个看不惯，那个看不惯，要我说的话，我是会非常感恩这个伟大时代的。我当年是怎么上大学的？我是在一个偏僻的小山村整整插队落户了五年，才有一个机会上了大学。那个时候在校园食堂吃饭的时候，因为没什么钱，我从不吃肉，就吃着青菜下饭。说实在的，那个时候根本没什么牢骚。几十年过去了，世界发生了很大的变化，中国的经济也获得了举世瞩目的成就，我们的生活更是有了极大的提升，哪里还有愁吃愁穿的？当然我们也存在着很多问题，因为经济的高速发展，也带来了问题的高速发展。但是和过去比比，我们不应该感恩这个时代吗？为什么动不动就有那么多的牢骚呢？牢骚太盛防肠断，风物长宜放眼量。每个年龄段的人，你不管碰到什么困难，都应该具有这样的心境和情怀，要理性地对待各种问题，勇于用自己的行动去解决这些问题，这才是每一个公民应该做的事情。中国这个社会太大了，林子大了，什么鸟都有。中国人患抑郁症的有数千万之多，为什么？就是不善于调节自己的情绪，空虚、浮躁、牢骚、责怪，众多的负面情绪堵在胸中，这不生病、不抑郁才怪呢！

物质求生存，精神求永恒

这么多年来歌舞升平惯了，风平浪静惯了，人们的物质生活也在不断丰富，因而人和人之间就很难看到精神上的差异。但是一旦危机来临，在重大的危机面前，人和人的精神状态就会有迥然的不同。在这次抗击新冠病毒的战斗中，就出现了很多感人至深的故事。奋战在一线的医务工作者，冒着被感染的危险，夜以继日地战斗着。有位医生在请战书上写下八个字：不计报酬，不论生死。真的是感天动地，让人久久泪目。我熟悉的一个企业家丁林福老总，他今年已八十高龄，去年心脏动过两次大的手术。他的公司是世界500强在上海的合资企业，在这次疫情中他们公司是第一批复工的企业。他对我说，国家兴亡，匹夫有责，这次外贸受到很大的影响。在这关键的时刻，我一定要为国家出些力。唐工坊公司是做防护服的，这次武汉火神山、雷神山医院的防护服很多就是该公司日夜奋战生产的。这家公司的老总深夜给我打来电话说，这些天来他根本没有时间看手机，每一分每一秒都在赶工，多生产出一套防护服，就是给生命接力。这些老友平时都没有什么豪言壮语，但是在关键的时刻却折射出精神的光芒。我们中国正是因为有了这样一大批具有家国情怀的企业家在关键时刻挺身而出，所以才能很快控制住疫情的传播。所有的岁月静好，都是有人在为你负重前行。物质求生存，精神求永恒，我们所要追求的正是这种精神的永恒。

用脚丈量大地

土耳其工商联合会的会长钟朴是我的好朋友。他毕业于上海同济大学以后一直做商会工作，正是他促成了我成为土耳其政府邀请的嘉宾去土耳其参观访问。有一天钟朴带来他的一个朋友，这个朋友很有意思，他是一家土耳其公司在上海的总经理。他是个中国通，也是一个运动爱好者，我们聊得很投机。我问他在中国这么多年有什么爱好，他说他有一个重要的爱好就是用脚丈量大地，并且几乎走遍了上海所有的大街小巷。我不相信，因为他是一个成功的企业家，开的一辆奔驰车。他说他很少用车，大部分的时间是步行的。我考了他一下，发现他对上海马路的熟悉程度令人吃惊。我住在淮海路，于是我问他知不知道淮海中路旁边的几条小路。他告诉我，如果是在淮海中路上，往前走五百米左右可以到复兴西路；从复兴西路走一千米左右，可以到五原路；从五原路再走五百米左右可以到华山路，而且再向前可以到安福路。之后我又问了他复旦大学周围的几条小路，他竟然如数家珍。我非常惊讶，这些都是非常小的路，比如很少有人知道五原路这条马路，这段马路很短，并且是单行道，即使是出租汽车司机有的也不一定知道这条路，他却全部知道。他说中国有句话叫脚比路长，他在上海整整八年，几乎走遍了上海的所有的大街小巷，每天都走不同的路，用脚丈量大地。他笑着对我说，他每天走在路上，都是汗流浃背，但是很开心，很快乐，因为“生命在于运动”不仅仅是一句口号，需要每天去践行，而且通过步行，通过调查研究，了解中国的民情和商情，这样才能使自己在中国的生意立于不败之地。而反观我们自己，这些年来，很多人当然也包括我，出门就坐车，以车代步，这不仅影响了身体的健康，也看不到走在大路上的别样的风景。看来我们也应该用脚去丈量大地。

要注重饮食起居规律

我多年的好友李海洋是一个才华横溢的人，在绘画与设计方面极具天赋，很多年前我们合作过项目。他前前后后谈了不少女朋友，但到了五十几岁依旧还是单身。这个独来独往、天马行空的人，一点也不注重饮食起居的规律，经常有了灵感就没日没夜地创作。

每年春节我总要请一些老朋友吃饭，每次也会叫他来。记得有一年，在饭桌上我们聊了很长时间的足球。他跟我一样是一个足球迷，在这个话题上我们有说不尽的共同语言。那个时候的他神采飞扬，精神焕发。几个月后，一个朋友在电话中突然告诉我小李走了，我当时没听明白，问他是去旅游了还是到哪里去了，那个朋友心情沉重地说他去世了。我非常震惊，一个正精力旺盛的人怎么就没有任何征兆地走了。后来才知道，是因为长期不健康的生活习惯拖垮了他。他吸烟成瘾，肺也不好，一个人住，饮食起居完全没有规律。他总是一次性采购许多东西放在冰箱，有的食品过期了很久也照样吃，医生诊断说他吃了过多的黄曲霉素而导致肝癌。那段时间我的心情一直很沉痛。

现在很多人仍然在吃过期食品，还有的企业不讲诚信，把过期食品重新包装二次销售。过期食品中往往会有较高的黄曲霉素含量，长期食用就会给身体带来重大隐患。如果李海洋注重身体健康，注重食品卫生，这种悲剧是不会发生的。我们经常绞尽脑汁研究什么经济发展战略、文化发展战略，我觉得人生最重要的是生命可持续发展战略。每天醒来的时候，我们都应该思考一下，要用什么样的生活方式让生命之树常青，如何通过科学健身和养生保持健康的身体与阳光的心态。只有拥有健康的体魄和博大的胸怀，生命才能自强不息。

情绪是生命的指挥棒

有一年春节前夕，我到武汉出差。那段时间工作的压力很大，碰到很多困难，我的情绪也有一些低落。这个时候几个朋友就提议，一起开车去赤壁看一看。我记得那一天下着鹅毛大雪，在风雪中我们的车在崎岖不平的山路上盘旋。风雪很大，大树上的枝桠也折了下来，必须下车去把这些树枝拿掉才能前行，我真正感觉到了行路难。车大约开了四个小时，我们终于到达了赤壁。那天下大雪，自然也没有什么人，我被这里的恢宏空旷的景色震撼到了。这个地方，是当年苏东坡写下著名的《念奴娇·赤壁怀古》词的地方。“大江东去，浪淘尽，千古风流人物。故垒西边，人道是，三国周郎赤壁。乱石穿空，惊涛拍岸，卷起千堆雪。江山如画，一时多少豪杰。　　遥想公瑾当年，小乔初嫁了，雄姿英发。羽扇纶巾，谈笑间，樯橹灰飞烟灭。故国神游，多情应笑我，早生华发。人间如梦，一樽还酹江月。”一面念着这首词，一面观赏这古战场，我当时的心情非常激动，我真真实实地看到了那种乱石穿空、惊涛拍岸的场景。我想在人生的道路上，自然会有很多崎岖不平，自然会有很多艰难困苦，但是人不能消沉。古人都有这种“大江东去，浪淘尽，千古风流人物”的情怀，都有这种“人有悲欢离合，月有阴晴圆缺”的潇洒，那么我们为什么碰到一些困难就低落，被消极的情绪所左右呢？情绪是生命的指挥棒，我们一定要克服那些不良的情绪，笑对人生的困难与挫折。在回去的路上，我的情绪显然好了很多，我觉得有些东西已经被我放下了。

身边不带钱

每天坚持走一万步，这个习惯我已经坚持很久了。不管是春夏秋冬，还是风雨交加，就这么走过来了。我上班的地方，离家很远，在炎热的夏天，下班的时间是五点多钟，室外气温依然高达四十摄氏度左右，我就一个人从古北路走到红宝石路，再走到虹桥路。如果你对上海很了解的话，你会知道虹桥路是非常长的一条路。走着走着，全身就会湿透，没有一处干的地方，如注的汗水打湿眼镜，连视线都是模糊的。当我从虹桥路走到淮海路口的时候，常常是双脚酸软，所有的力气都用完。这时我会静静地坐在一个角落休息一下。休息处的旁边就有直达家里的“911”公交车。为了防止自己偷懒，我走路的时候身边不带钱。如果带钱，有的时候就会放弃，或乘公交，或叫出租，或上地铁。而身边没有一分钱的时候只能逼着你一步一步地往前走。大约在那边坐了一会儿，我缓缓地站起来，再一步一步地朝前走。当然，这段路比前面那段路更加艰苦，因为这已不是在走路，而是在比拼精神与耐力了。每天走到家，天已经完全黑了。我就这样一天天、一年年地坚持。有人问我为什么要这样坚持，我说，人生最重要的就是健康，生命在于运动，如果你不坚持了，你的身体就会出现问题。所以不管怎样辛苦，我咬着牙坚持把这条路走下去。实际上这里面也有哲学的道理，那就是精神可以变成物质。当然物质也可以变成精神，这就是辩证法，这就是哲学。如果你有坚强的意志，你有坚定信念和精神，那你走着走着，它就会实实在在地变成你那健康的体质。

这样喝有意思吗

记得在多年前，为了解决我们这个机构推出的项目的问题，我请了两位领导吃饭，这两位领导酒量大到惊人。吃饭的时候，其中有一位就跟我说，如果要解决问题那就来喝酒，如果不喝酒，就不够朋友。在这种情况下，我被迫做出应对。那一天我喝了大量的酒，喝的时候就明显感觉到身体非常难受，没有多久就昏倒在了酒席上，被送到医院抢救。医生说，如果再这样喝下去的话，会有生命危险。这个教训我牢记在心。实际上我这个人是不太喝酒的，但是有的时候，你不喝酒就解决不了问题。在无可奈何的情况下，你就得喝。但是这样喝有意思吗？这个问题，应该引起所有人的思考。有的时候方法和效果是一对矛盾，你在处理一件事情的时候，或许通过喝酒的方式能达到你想要的结果，但过量的喝酒又将危及你的健康。当你健康都没有了，你所获得的效果又有什么意义呢？所以我一直在想，中国的几千年的酒文化该值得我们深刻反思了。偶尔喝一点酒，有点微醺是可以的，但是喝酒不能危及健康，喝酒也不能够作为一个工作的所谓利器。以酒开路，往往会南辕北辙，何况真正的互助与协作是不需要以酒为媒介的。

心理素质

我有一个多年的老朋友，他是个心理素质极好的人。多年前他到美国去求学，学成回来以后在一家世界500强的公司做中国首席代表。工作了几年以后，他准备自己创业。当时我就跟他说，你在一个大公司里做高管，你是宠物，但是如果自己创业，你就变成了野生动物，你就会碰到很多风险。他说他想过这些问题。最终他还是决定自己创业。记得他那个新公司成立的时候，他请我在金茂大厦88层吃饭。他意气风发地说，他希望自己的公司能够成为中国最知名的IT公司之一。我当时泼了他的冷水，说你这个公司的整个运作结构有问题，如果不改弦更张，两三年内就会倒闭。他当时听了很不高兴，因为那天都是说他好话的人。果然公司在运作的第二年就出现了问题，第三年年初公司已经资不抵债。有一天他打电话给我，说希望跟我谈一谈。我记得当时我们找了个咖啡馆。他说，公司出现了巨大的亏损，他欠了巨额的债务，他把他在上海买的一套别墅和两套在市中心的房子全部抵押了，另外又把他的车子也抵押了，他已经变成身无分文的人了。我告诉他，经商经商，经常受伤；总经理总经理，总是被修理；老板老板，脸老是板。我说你现在就是这种情况。他当时心情很沉重地对我说："你是很有先见之明的，我这才发现什么叫忠言逆耳，良药苦口。"之后他就到了外地，蛰伏了两年，后又找到一些投资，重新杀回上海，成立了另外一家更大的 IT 公司。这个时候，他信心满满地对我说，这一次他会吸取过去的教训，一定要把这个公司做大做强。但是我还是泼了他的冷水。我记得有一次在参加福建海交会的会议上，他在会上讲话，慷慨激昂地表示，他的公司要成为这个行业中的全国领军企业。我当时跟他说，你现在的经营模式和整个运作思路还是有问题，如果再不吸取教训的话，很可能重蹈覆辙。他听了同样不高兴。又过了两年他所经营的公司又倒闭了，这次他背负了更大的债务，被迫到河北的一个偏远地区，再次蛰伏。有一天，我在地铁口看到他，他告诉我，他在上海已经没有立足之地了。我问他怎么办，他说没什么。经商有顺风的时候，也有逆风的时候。失败了不要紧，可以从头再来。说实在的，我很佩服他这种强大的心理素质。很多人，一旦碰到挫折，特别是碰到大的挫折的时候，就会消沉。他不是这样，他是个心理素质很好的人。这叫每临大事有静气，不信今日无古贤。越是碰到挫折，他会越挫越勇。我觉得这种精神是非常重要的，也是每个经商者或创业者应该必备的。我是个球迷，多年前曾在上海电视台看球评球节目做过嘉宾，说过对足球的看法。我说足球之所以有那么大的魅力，之所以有那么多的受众，之所以会成为世界第一运动，关键就是踢不进。在当前这个极其复杂的经济环境中，具有强大的心理素质，做到胜不骄、败不馁是非常重要的。不管有多大的困难，若能越挫越勇，这样的心理素质才是真正的制胜之道。

水是生命之源

有很长一段时间我有一个习惯，就是喝饮料，很少喝水。我经常去买品牌果汁当水喝，品牌果汁的广告都写着百分之百的果汁，我觉得这样又吃水果又喝水可以一举两得。有一天中午我和朋友一起吃饭，突然肚子发生剧痛。我当时就觉得身体出了问题，马上赶去医院。到医院的过程当中我觉得疼痛不断加剧，简直到了撕心裂肺的程度。到了医院以后，医生马上给我做了检查，最后发现我得了肾结石。医生告诉我得肾结石的一个重要的原因就是不喝水。我对医生说，我不是喝饮料的吗？医生就对我说，正是因为你喝了那些高浓缩的饮料。那些高浓缩的饮料长期在你的肾脏里，渐渐地，在你的肾里就形成了结晶，变成了结石。这件事情，给了我非常深刻的教训。从那以后，我再也不喝任何饮料了，每天坚持喝水。现在算下来，也有了十几年没有发生这种情况了。所以，我觉得这个问题值得我们每一个人的重视。水是生命之源，每个人应该每天喝2000毫升的水，这样的话，才能保证身体的健康。所以生病了，首先要知道真正的原因是什么，然后，对症下药，对症采取预防措施。喝水，虽然只是一件生活中的平常事，却也是关系到人的生命的大事。

高手在民间

我通过一个老朋友、市科协主席陈积芳认识了一个新的朋友陈中胜。他是一个游走在江湖的郎中，老陈说他有很高明的医术，但没有医院让他做医师。有一次聊天，我随意地问他，我甲状腺这边长了一些小结节，第一年体检的时候还很小，第二年就有点增加。医生建议我做进一步检查，通过一些方式把它去掉。老陈笑了，他说不用这么麻烦，告诉你一个方法，每天吃二两芋艿。我问他怎么吃，他说可以烧汤，也可以蒸煮煎炸，但是要保证每天二两，需坚持两个月。我就照做了。两个月后，正好是一次体检，医生看到我的结节都没了，感到非常吃惊。我既没吃药，也没动手术，但结节确实没有了，我觉得老陈很神奇，暗自欣喜，但什么都没说。

2016 年春节之前，我母亲病重住院，华山医院的知名专家说我母亲情况不容乐观。我心情很沉重，问他我母亲还能坚持多久。专家说：“大概还有十多天，按照你母亲九十多岁的高龄，恐过不了春节。”这时我突然想到了老陈，那天晚上我约老陈出来吃饭，告诉他我母亲的病情。他只问了我一句话：“你母亲现在还可以自己吃东西吗?”我说现在可以吞咽一些粥之类的东西。老陈说：“你母亲没有任何问题，我给你开个方子，上面有八味食疗的中药，但是你要精准地按照我的量给你母亲服用。”我半信半疑，一度认为他是个骗子，因为医院已经给我母亲发了病危通知，吃这些有用吗?但我想试试也无妨，就在超市买到了这些很便宜的食材，回家精准地称好，磨成粉煮成粥给母亲吃。就这样奇迹发生了，我母亲的病情恢复得很好，医生都非常吃惊。一年过去了，两年过去了，今年已经整整三年了，我母亲的症状还是很平稳。我觉得老陈太神奇了，真正体会到什么是高手在民间。他没有大医院的从业背景，但是他却有神奇的医术。之后的一次聊天，聊到他的家世，方知他出身于医学世家，爷爷、父亲都是名医。他脑海中存着八千多个方子，每一个药材、分量都了然于胸，找他看病的人无数，我也从他身上感受到中医的博大精深。

从医学角度来说，中医和西医是相辅相成的，不能因为信仰中医就排斥西医，也不能因为觉得西医更科学就排斥中医。它们是一对矛盾，更是一对组合体。从哲学的角度说，要兼收并蓄，明白这个道理后，生命之树就会常青。

呼吸新鲜空气

我们这个协会长期在酒店办公。为什么在酒店办公？当时也是出于一些考虑，比如酒店相对来说功能比较完备，有餐饮、接待、健身等。所以我们先后在几家酒店办公了多年，大家都很享受这种环境。但是我觉得长期在酒店办公使我的身体越来越差。有一次上海电视台要对我进行一次采访，采访的题目是日元贬值后对中国出口的影响。电视台和我预约时间，当时我觉得身体不适，就说晚两天。记者说不行，因为这个采访要在当晚的新闻中播出。随后电视台的人说，既然你身体不太好，我们就把机器带到你办公室来对你进行采访。我很无奈地答应了。中午就来了几个电视台的人把机器架起来。尽管当时我的身体非常难受，但我依旧坚持接受了他们的采访。就在他们最后关机的时候我却倒下了，马上被送到医院，经历了将近三个月痛苦的治疗。这个当中还发生了一件事情，就是在用药治疗二十天以后各项指标不但没有降低，反而升高了。医院就把我作为禽流感的疑似病人进行隔离和全面检查，当然最后是虚惊一场，被排除了。这究竟是什么原因呢？医生问我的办公条件怎么样，我告知长期在酒店办公，他说这是你患病的重要原因之一。因为包括许多星级写字楼和酒店，看上去富丽堂皇，实际上空气是最浑浊的。他们为了防止意外，将所有的地方都密闭，长期在这种密闭的环境中办公，呼吸不到新鲜的空气，时间久了，就会影响身体的功能，这就是生病的源头。从那以后，协会就坚决离开了星级酒店，搬到位于近郊的绿地公馆办公。那个地方人很少，空气新鲜，林木葱茏，所以这十年来我从未生病。尽管地点远了一些，办公条件也不像过去那么豪华，但是每天可以呼吸到新鲜的空气。新鲜的空气就像清洁的水一样，对一个人的身体健康实在是太重要了。

如果没有运动，生活将是一个错误

我的老朋友、中国知名指挥家曹丁是一个把音乐作为生命的人，几十年来他指挥了无数场盛大的音乐会。他今年六十多岁了，仍然是单身，他对我说，音乐是我终身的爱人，我把所有的爱都献给了音乐这个事业。我记得前几年，在协会成立二十周年的庆典中，出于兄弟的友情，他组织了一个百人的合唱团来参加我们的庆典活动。他的演出深深吸引了所有的在场观众，令人久久难忘。但是他太忙了，国内国外的邀请不断，他马不停蹄地奔走在世界各个城市，指挥着不同的音乐会。有一天他终于病倒了，医生诊断是中风。在住院的几个月中，他是极其痛苦的，全身不能动，近乎瘫痪。他对我说那个时候躺在病床上只有音乐才是他生命的光。几个月后他出院了，我对他说如果这个世界上没有音乐，那么生活本身就是一个错误。但是如果世界上没有了运动，那么生活本身更是一个错误。他说兄弟，你这个话我高度的认同。他是个非常有毅力的人，从此他每天坚持步行，从不中断。我们现在很多人手机上都有一个软件，可看到朋友每天走的步数，我发现我的这位老友经常是独占鳌头，每天要走几万步。渐渐地他的身体又好了起来，又开始活跃在各场音乐会上。所以生命在于运动，这是人生的格言。我们不要坐而论道，而是要坚决地论而做到。

科学饮食

因为我是做商会工作的，每天都要和外贸企业的老板打交道，几十年来我的足迹走遍了几千家企业。现在有个习惯，就是很多事情在饭桌上讨论解决，所以在商界三天一小宴、五天一大宴是一种常态。我这个人有一些清高孤傲，经常会婉言谢绝一些朋友的盛情吃请，以至于有一些企业家开玩笑说要请我吃一顿饭很不容易。为什么？这个道理很简单，如果你天天应付这些吃喝，你身体肯定很快就会垮掉。记得有一次我到上海奉贤的一家汽车公司去，这个公司的陈总也是我多年的老友，他说中午一定要请我在他那里吃个饭。快到的时候我一看也时近中午了，我就对司机说，我们就在外面吃一碗兰州拉面吧。一碗拉面，十几块钱，吃完以后我还可以在车里休息一下。我打电话给陈总说，我中午不来吃饭了，但下午一定会到你厂里来，帮助你解决问题。现在的吃请太普遍了，很多人一吃几个小时，常常喝得酩酊大醉，这是我深恶痛绝的。随着中国经济的发展，人们的饮食结构也发生了很大的变化。每年我们参加体检的企业家，一般都有三高，即高血压、高血脂、高血糖。据不完全统计，中国的糖尿病人就有八千多万。有一个资深医生告诉我，饿是饿不死的，吃是要吃死的。确实，像我们这些人在过去的年代是没有什么吃的，生活很贫困，当时买油需要油票，买肉需要肉票，买粮需要粮票，那个时候的中国人是没有什么糖尿病、高血脂的。现在出现的那么多的胖子，出现的那么多的富贵病患者，就是饮食不平衡造成的。所以我说过去是饱汉不知饿汉饥，而现在是饿汉不知饱汉撑。三天一小宴，五天一大宴，再加上不运动，自然给身体带来诸多危害。许多企业家因为做生意经常要上饭局，他们告诉我，一年三百六十五天当中，在家吃饭的时间很少，大部分时间都是在饭店里大吃大喝，这样各种毛病就自动找上门来了。所以我认为，一是要改变这种大吃大喝的社会风气，二是要管住嘴，迈开腿。一个人必须能够抵挡住食物的诱惑。现在很多年轻人吃的东西也不健康，像肯德基、麦当劳这些食品，吃多了也会影响身体。所以一定要注意饮食的科学性，适当的饥饿感，更有利于健康。中国有句老话叫过午不食。我曾经碰到一个过去的领导，他现在已经八十岁了，身体还很健康，没有“三高”。他告诉我，他信奉的一句话就是过午不食。开始时有些不适应，有饥饿感，但是时间长了以后就习惯了，所以他的身体就始终处在一个比较好的状态。我希望我们的企业家们今后不仅不要设宴，也要少赴宴，逐渐改变社会上不良的吃喝风气。

禁　糖

我的老朋友张德明是和我一起到东北去插队的插兄，之后我俩又先后到复旦大学读书。他读的是中文系，毕业以后，先留学日本，后又到美国工作。1993 年我到美国，在他家住了一个多月，还一起跑了美国的很多城市。记得有一次他驾车和我两人一起去拉斯维加斯，在路上我俩唱起了《让我们荡起双桨》这首老歌，唱着唱着我们都情不自禁地流下了眼泪。我们是无话不谈的好朋友，用俗话说就是铁哥们儿。一晃很多年过去了，前段时间他回上海。老朋友见面分外开心，就聊起了很多往事。那天中午我请他吃饭，他说凡是含糖的东西一律不要点，甚至土豆都不行。我问他为什么，他说他有糖尿病，已经很多年没有吃过含糖的食物了，必须严格按照糖尿病人的进食原则执行。我觉得他的毅力太强了，因为甜食有挡不住的诱惑，我就是一个特别喜欢吃巧克力之类的甜食的人。他说他这么多年来从未吃过巧克力，因为巧克力含糖量太高了。由此我想到意大利的著名歌唱家帕瓦罗蒂，他就是一个嗜糖如命的人。他有严重的糖尿病，医生对他说一定不能吃含糖的食物，否则会危及生命，但是这个享誉世界的男高音歌唱家控制不住自己，放任欲望和习惯，最后英年早逝。所以我就在想，习惯和健康之间，也是有必然联系的。很多人一生当中保持很多良好的习惯，因而他们的生命长久。而有的人酗酒、吸烟，吃太多的腌制食品，故往往很早离世。所以对欲望要有一个度，凡是对健康有利的欲望都应该支持，凡是对健康不利的欲望，都要坚决地杜绝。

智者的前行

我和程德亮是多年的老朋友了。他以前是东华大学的教授，在纺织行业是非常资深的专家。在高校的时候他就非常注重走出校门，到生产第一线去做了大量的产品研发的工作，久而久之他就萌动了下海的愿望。当时有很多朋友劝他，你在大学做教授既稳定又体面，桃李满天下，一旦离开大学去经商风险太大了。他思前想后，最后还是毅然下了海。下海以后他组建了一个叫唐工坊的公司，专门研究制作防护服，他是国家关于这些产品标准的制定者之一，在这个行业当中享有很高的声誉。但是多年的商海生涯使他饱受挫折。因为那个时候，类似防护服等一类产品很难打开市场，而用工、原材料、研发、制作生产都需要大量的资金。为了筹资，他四处奔走。得知他的情况，我们协会迅速帮助他通过中信保等方面筹措资金，解决困难。后来公司主要是给部队提供战备防护服，但是在经营上面还是碰到了很多困扰。几年前协会又帮助这家公司在科技创业板上市。在那次上市的盛典中，我还为这家公司敲锣。但是之后公司在经营上面还是碰到很大的问题，这几年始终是陷入亏损的境地，我和他也多次研究如何摆脱困境的问题。这次抗击新冠病毒的战斗打响，这家公司的防护服一下子得到了巨量的订单。春节之前公司上下都在动员，这些天他几乎都没有合眼，日夜奋战在工厂的第一线。武汉的火神山、雷神山等防护服大量的是唐工坊公司生产的，但是还远远解决不了巨大的需求。前几天他对我说，他们又研发出一种比 N95 更好的专业口罩，可以用于支持奋战在第一线的白衣战士。他说这段时间他连看一分钟手机的时间都没有，因为时间就是生命，多生产出一件防护服，就可以多救一个病人。令我感到钦佩的是，尽管他公司产的防护服在市场上极其抢手，但他们还是用最低的价格供货。在这种关键的时候，像老程这样的中国的企业家，挺身而出，折射出用战斗来践行救死扶伤的博大精神。

不凡的女性

有一家企业的老总张蓓，她也是我多年的朋友。多年以前她从一家国有企业辞职，这在当时是需要很大的勇气的，因为那个时候她在那家国企做高管，工作与收入都很稳定。自己创业，对一个女性来说那是要冒更大的风险和挑战的。但她不顾家人的反对，毅然走上了这条艰辛的创业之路。因不同意她这么做，丈夫与她离了婚。她创办了一家口罩厂，经过十多年的运作，这家公司成为了中国口罩行业中知名的企业之一。我几次去过这家企业，当时觉得他们在生产规模和运作上不是很起眼。但是张蓓觉得，随着中国经济的发展，口罩是有很大的市场的。最早的时候公司主要是给大型工程企业生产口罩，比如做地铁工人施工时用的口罩，做消防人员灭火时用的口罩，做各种不同工作条件、各种不同气候条件下使用的口罩，等等。但是那个时候，口罩的市场也是很有限的。公司逐渐走上正轨，品牌有了一定的知名度以后，又碰到了假冒伪劣口罩的挑战。她多次和我说，我就是要用最好的质量来维护人民的身体健康，就是要和那些不法商家进行斗争。当然这个斗争是长期的，非常艰苦的。协会也通过各种渠道帮助她公司打击假冒伪劣的口罩，维护优质口罩的品牌声誉。这些年中国的大部分城市出现雾霾，于是口罩就显得非常稀缺，特别是有品牌的口罩。这家工厂接到了大量的订单，即使每天 24 小时赶工，口罩还是供不应求。在这种情况下，她没有不思进取坐享市场回报，依然居安思危，创新口罩款式。她针对城市里的女性，特别是青年女性，她们希望口罩美观，有不同的颜色，并且在佩戴以后可以增加颜值，便设计了许多个性化的口罩，在投放市场后引起了巨大的反响。针对交通民警每天要吸进大量的废气，但是佩戴遮住脸的口罩又不合适的情况，他们公司又发明了一种只是夹着鼻子的口罩。这种口罩迅速获得了有关方面的认可。这次抗击新冠病毒的战役在全国打响，这家公司在夜以继日地赶工。员工们从一天生产几万只口罩，发展到一天能够生产几十万只口罩。他们用行动支持在前方的白衣战士救死扶伤，彰显了一种大爱无疆的精神。张蓓对事业的执着追求也彰显了中国的女企业家追求卓越、永不言败的风采。

使　命

我们这个协会已成立了三十三年。协会的宗旨就是为了推进中国商品走向世界，推进中国企业走向世界，推进中国企业家走向世界。近二十年来，在国家政策的大力支持下，协会全力推进跨国采购和联合国采购，帮助更多的企业走向世界，这是我们的工作，也是我们的使命。我接触过无数的企业家，他们就是践行这些使命的使者。记得有一次我到上海郊区的一家医疗器械公司，公司的总经理曹蓉给我留下了深刻的印象。这家公司主要是生产医疗器械产品的，有很多产品出口，有些医疗产品还得到了欧盟的认证。说起那些创业的日日夜夜，曹蓉这位女企业家告诉我，她曾经碰到过无数常人所难以想象的困难，但是都挺过来了，为了公司的发展她曾度过无数的不眠之夜。我问她是什么力量让她坚持了这么久，她说："有的人做事是为了挣钱，有的人则是挣钱为了做事。我做这些事绝不是为了挣钱，主要是希望我们的产品能够给更多的病患者带来福音，所以我觉得再忙再累也是值得的。因为工作不仅仅是为了挣钱，更重要的它是一种使命。”这次抗击新冠病毒的战斗打响时，大部分员工都在全国各地过春节。她就和留在上海的管理人员与很少的员工率先复工复产，因为公司生产的医疗器械都是抗击新冠病毒急需的。很多志愿者不计报酬，星夜赶到这个位于郊区的公司，日夜奋斗在生产的第一线。这些人都很平凡，但是他们都是一些不平凡的人，因为他们不仅仅是工作，也不仅仅是为了挣钱，而是在用自己的行动践行大爱无疆的使命。

攀登者

我有一个好朋友李宁，他是上海一家银行的行长，他以前在部队，后来又到金融系统工作，丰富的金融实战经验使他在复旦讲金融专业课的时候大受欢迎。由于我们都是给大学 EMBA 讲课的教师，所以我们两人经常见面，交谈甚欢。有一天我打电话到他银行，他的秘书说他请假不知道到哪里去了，失联好些天了。半个月后他来告诉我，他和一些年轻人到新疆沙漠去徒步了。在沙漠里徒步是极其艰苦的，走的第一天脚上就打满了血泡。走着走着，有的人就坚持不下来了，他是这支队伍当中年纪最大的，但是他一瘸一拐坚持走到了最后。在徒步的过程中，生活的艰苦、气候的恶劣也是常人难以想象的。他告诉我他很享受这种生活。我深深地为他感动，也很惭愧自己做不到这些。做这些事情要有极大的勇气和毅力，而且更重要的是知道要吃很多的苦还坚决坚持地去做。他说生于忧患，死于安乐，人就是要有一种吃苦的精神。每年春节的放假期间，他都会去机场和火车站做志愿者。那个时候人潮是最汹涌的，作为一个老者，不辞辛苦地做志愿者，其精神真是感人至深。有的时候我会想，一个身居高位的银行行长，为什么要做这些事情呢？因为他们是攀登者，他们是希望自己的人生道路能经历过长征的那一群人。直面人生，笑看雪雨风霜，这就应该是人生的一种情怀。

长袖善舞

中信泰富上海公司的总经理谈惠法是一位长者，今年已八十高龄，也是我的老朋友。他是一个有传奇经历的人，几十年的生涯创造出许多不凡的业绩。我相信我们上海人每个都走过连接浦西与浦东的延安路隧道，这条隧道就是他领导的中信泰富建造的。我还相信我们上海人每个都见过南浦大桥，这座大桥也是谈总的这家公司投资的。说起上海的中信泰富广场也可能人人都知道，这个广场就是谈总一手建造起来的。应该说在改革开放的这一段历史时期，他是作了很大贡献的人。我们经常见面，每当谈起这些往事的时候，他都会很激动。他说人的一生中最重要的不是有多少钱，也不是拥有多大的房子，一个人的生活经历就是人生最宝贵的财富，朋友的质量就是人生中最重要的生活质量。我很赞成这个观点。人们知道他创造了不少传奇，但又有谁知道这些传奇背后的艰辛呢？他谈到在建造延安路隧道的过程中，他在长达一年多的时间之内，每天都穿着胶鞋，和工人们一起在工地上，并且都是骑着自行车上下班的，谁都不知道他是个大老板。现在很多人只是看到这件事情做成后的辉煌，却没有看到他在做这件事情背后所付出的艰辛。在这次抗击新冠病毒战斗中，他也是千方百计地做了很多善事。他一直在海南设法筹建医院，他希望能够为更多的老百姓和患者提供一些力所能及的服务。我觉得，他是一个老者，但更是一个战士，是一个生命不息、奋斗不止的战士。生活的意义在于不断的创造，一个人只有在克服无数艰难险阻的过程中才能够感受到真正的幸福。

写到此，我想起2016年我为谈老填写的一首《水调歌头》，这首词的题目是“谈惠法谈企业制胜之道有感”，词如下：“感觉何时有，把酒问青天。一路绿色葱葱，白沙碧波前。心潮澎湃望月，细思前途无限，话语动心弦。乱花迷人眼，潇洒在人间。　　好空气，真山水，生命线。形成雁群，壮丽青春多少年！论坛收获良多，友朋谈笑欢颜，品精彩无限。头脑风暴兴，挚友结良缘。”

识于偶然，友谊永久

记得多年前我率上海企业家代表团到福建去参加海交会。海交会是一个盛大的活动，几天当中会有大量海峡两岸的企业家和人们进行商务交流活动。我们有一个上海馆，有大量的上海外贸企业在那里设展。那一天中国贸促会和福建省的领导来参观上海馆，我陪贸促会和福建省的领导参观。上海馆人特别多，我也特别忙，就在这个时候，福建省贸促会的老张急匆匆找到我，他说四川进出口商会的李鸣会长要和我见见面。我很为难，因为那个时候正好在陪着领导，老张说李会长马上就要上飞机了，你们就互相打个招呼吧，于是我和李鸣就有了几分钟的见面。他是一个很睿智的人，什么废话都没有说，也没有什么寒暄，他就问了我一个问题："请问你这个协会，是用什么样的机制来运作的?"我告诉他我们这个协会尽管是政府领导的商会，但是国家没有一分投资，我们都是通过为企业服务而生存发展的。就这样我和他匆匆话别。几天以后他从四川发来信函，希望我去四川讲课。我则婉言谢绝，一个是不熟，另外一个就是比较忙，但是老李一次又一次地不断发出信函。我记得是两个月以后，我被他的诚意所感动，就飞赴四川成都。从这以后我们就成了非常好的朋友，真是识于偶然，友谊永久。后来他在四川省政府的支持下，率先发起组建了商会国际联盟，这是各个国家比较有影响的商会共同组织的一个联盟。他作为首任的商会国际联盟主席，为这个联盟做了很多开创性的工作。他之后执意要我来做商会国际联盟的轮值主席，我不同意，但最终联盟的所有成员都举手通过，我无法再谢绝了。不久他就退休了，因为长期的工作压力，他的身体出现了问题，患了三高和痛风的毛病。我问他，退休以后有什么打算，他说最重要的事情是把身体搞好。他开始了每天的锻炼，起先是每天步行，以后是每天慢跑。无论是春夏秋冬还是刮风下雨，他都坚持每天清晨起来长跑，一天都不中断。几年过去了，他的身体也越来越好了。他告诉我，他现在每年都参加马拉松，因为年纪大，所以是参加“半马”。他说跑马拉松尽管很累，但是迎着阳光或风雨，不停地跑，实在是太爽了。这个运动给他带来了强壮的身体，而且带来了越来越好的心态。现在他不仅在四川跑，还跑到了全国各地。2019 年他甚至到日本参加马拉松比赛。

我每年有个习惯，就是上海举办马拉松的那天，我肯定会起得很早。很幸运的是我家的门口正好是万人马拉松比赛的必经之地，所以马拉松我已经看了好几年，每次看都非常感动，因为跑到我家这一段的时候，正好是上海马拉松的中段，这是最难坚持的段落，是对一个人的意志力和体力的极大考验。这个时候很多人都会放弃，但是也有很多咬紧牙关坚持跑下去的人。说实在的，像我这样的人基本上只是看，你要我自己去跑是根本不可能的，所以我对马拉松的每一个选手，不管是什么情况，我都充满由衷的敬意。我觉得他们特别不容易，他们始终在路上，他们始终在和自己较劲，他们在克服常人很难想象的困难。老李就是他们其中的一个，看着他满头的白发，在马路上奔跑而过的时候，我内心由衷地产生敬意。我觉得人生就是在和命运搏击，就是在和自身挑战。老李那钢铁般的意志和持之以恒的精神是值得我们每个人学习的。

行走天下

在我一大批的好友中有一个特立独行的人，他就是戴大年。他在大学学的是中文，酷爱诗词，因为共同的爱好，所以我们成了非常好的朋友。这些年我写了两千多首词，他有时会和我，你来我往，真是不亦乐乎！他是上海一家知名的房地产企业的老总，浦东著名的碧云小区就是他一手打造的，那里住着很多国外的高端人士。位于陆家嘴的上海纽约大学也是他的作品。他的公司还造了好几座五星级酒店。他特别热爱俄罗斯文化，专门开了一个画廊，展出俄罗斯的油画。有一天，他邀请我到他位于青浦的家去玩，那是一栋别墅，院子里种满了四季的花卉。在别墅的地下室里，他打造了一个高品位的音乐厅，他笑着对我说，听音乐是一种享受，特别是要听那种极品的音乐。我们两个人坐在地下室，听贝多芬、莫扎特、斯特劳斯圆舞曲，沉浸在对音乐的遐想之中。之后他告诉我他的一个计划，他说做了几十年的房地产，挣了不少钱，也厌烦了这种枯燥的日子，准备开始新的生活。我问他有什么打算，他说他已经和另外两个老友准备一起自驾俄罗斯游。当他说这个计划的时候我大吃一惊，他的太太在旁边要我劝劝老戴，说他脑子进了水，走这么危险的路。那一天他公司的律师也在，他是中国的一个大律师，他坚决反对老戴的这次行动。他甚至说如果你这次一定要成行，必须先写一份遗书，因为你有那么多的财产。老戴不为所动，说写就写。我们这些老友都劝说无效，一个月后他和两个老友驾驶着一辆吉普车就出发了。他临行前对我说，路上很凶险，很可能会出问题，他会每天发一个微信给我。如果哪天收不到微信，那么很可能他们就碰到麻烦了。就这样他毅然决然地走了。他们三个都是老人，加起来的年龄将近两百岁，他们先从上海驾车开到内蒙古。在内蒙古，有一天黑夜在茫茫的大草原，因找不到加油站，他们三个老头就在汽车上啃着压缩饼干度过一个漫长的黑夜。后来从内蒙古到黑龙江，再进入俄罗斯。俄罗斯之行也是走得不同凡响，他们先到东伯利亚、西伯利亚、车臣，然后到莫斯科，从莫斯科再到圣彼得堡，从圣彼得堡再开到哈萨克斯坦，然后经过新疆再到甘肃兰州。这是一次充满艰险挑战和有很多不确定因素的旅行，你如果没有一个强大的心脏，是不可能走这条艰险的路线的。在这篇短文中我也不可能一一告知大家他们经历的风险，只是这一路风尘太惊险了，当中碰到过无数的麻烦。他发我的微信不停地中断，这就意味着他们不停地碰到麻烦。但是这又有什么呢？老戴告诉我，越是艰险越向前，人生就是要领略无限风光在险峰的意境。这次旅行花了一个多月的时间。几个月以后，他又到撒哈拉沙漠。在那个地方只能住帐篷，没有水，多日不能洗澡，而且有一次差一点碰到恐怖分子的袭击。但是他笑着告诉我："我玩的就是心跳，这就是我的选择。"在他身上你能看到老年人的暮气吗？一点都没有。你能看到的是一个老人身上蓬勃的朝气。这两年《新民晚报》经常刊登他的"行脚天下"的文章，读这些文字，会让你荡气回肠，仿佛跟随着他走进了那充满艰辛然而又意味无穷的世界。他的经历告诉我们，人的生命有无限的潜能。石在，火种是不灭的！下面是2014年戴大年赴俄罗斯之前我写给他的一首《永遇乐》词："千古江山，霞客情怀，老骥伏枥。壮心不已，气冲霄汉，雨打风吹路。仰天长啸，此行何去？情系异国远足。征程起，朝天车马，气吞万里如虎。　　云飞风起，奇景无数，一笑人间万事。山高水长，路在脚下，潇洒行天际。一身胆气，风雨无阻，奔马何惧征途！行者远，时光壮丽，青春常驻！"

预　见

中国有一句老话，凡事预则立，不预则废。就是说一个人在这个复杂的社会中取得成功，就必须对事情有预见性。2014 年我第一次带着上海的一些企业家来到海南神州半岛，绝大部分的老总觉得这个地方是个岛，偏远，没有任何人有在这里购房的打算。但是其中有一个老总，叫范世申，他也是我多年的老朋友了，他是上海一家知名的通用轴承公司的董事长。他回去以后过了一个星期，和他的太太又来到海南，从海口到三亚，花了将近一个月的时间，看遍了海南的几乎所有的房子，最后他决定在神州半岛买一套房子安家。当他把这个决定告诉我的时候，我有些意外，我说神州半岛那么遥远，你在上海还要管理那么大的公司，你认真考虑过吗？他坚定地对我说，这是我最重要的决定之一。过了一个月，他就在神州半岛买了一套房子。那个时候房子的价格很低，几千块一平方米。不久他的儿子又到了岛上，觉得这座岛非常漂亮，说只有一套房子怎么行呢？于是老范家人又买了一套房子。又过了两个月，他的女儿也去了，他女儿也觉得这个地方特别好，就这样老范和他的家人就前前后后在神州半岛买了三套房。当时很多人还不太理解老范的决定，但我觉得老范这个决定是有预见性的。首先老范觉得年龄大了，要安度晚年就必须要找一个空气清新、环境优美的地方，神州半岛正符合这一要求。其次他也看到了海南今后的发展潜力。果然几年以后海南成立了自贸区，目前正在进行中国最大的自由港的建设，所以神州半岛的房价一路飙升，已从一平方米几千元到了一平方米几万元。现在有很多人对社会缺乏宏观的判断，思考问题只顾眼前，没有预见性，在许多事情上往往“踏空”，后悔不已。当今世界唯一不变的是变化，不可预计是唯一可以预计的事情。所以在任何时候都要审时度势，权衡利弊，从长计议。特别是上了年龄的人，要把身体健康放在首位，要果断做出最有利于自己延年益寿的决定。

免疫力

近期肆虐的新冠病毒极大地危及人类的健康，给人类的生命带来极大的威胁。在抗击新冠病毒的战斗中，无数的白衣战士用生命去挽救患者，谱写了一曲曲可歌可泣、感天动地的颂歌。但是为什么有的人就容易得这个新冠病毒，而有的人却不易得呢？这里边的关键就是人的免疫力。如果你有强大的免疫力，你就能够战胜病毒的入侵。因为新冠病毒的出现，许多人开始注意增强自己的免疫力，有关增强免疫力的产品也大受欢迎，这使我想起我曾走访调研过的一家企业。这家叫丰科食品公司的企业，位于松江的一个偏僻的地方。我一进大门，就被墙上的一大排琳琅满目的奖牌所吸引，这家看似不起眼的公司是生产菌菇的，但是挂在墙上的几十个牌子中竟然还有院士工作站的牌子。总经理张文宏是一位知名的女企业家，她领导的这家公司在食品研究领域创造了无数的奇迹。公司研发并生产的一些菌茹产品在世界上是独一无二的，所以它就有大量的出口。我走访了每一个车间，每个车间对产品的生产与管理极其科学和严格。你很难想象在这里生产的菌菇产品，要经过无数道工艺。张总告诉我，多年实验证明，经常吃这种菌菇产品的人不易得癌症，这也是中国农业科学院专家的调查结果。目前公司在全国各地都成立了分公司和工厂，产品畅销国内外。张总笑着告诉我，公司的利润很丰厚，没有一分银行贷款。这次抗击新冠病毒，这家公司发挥了大爱无疆的精神，将几百万元的产品送到抗击病毒的第一线，给白衣战士和患者增加免疫力。这就是中国优秀企业家的精神！

足球的魅力

我是个球迷，而且是一个执着的球迷，常常我会一个人到球场去看球。记得有一次虹口体育场有比赛，那天下着大雨，球场上的人真是寥寥无几，而且雨越下越大，但是我还是撑着伞坚持把这场球看完。当时身上的衣服都湿了，但是自己浑然不觉。我觉得看球的生活真是太过瘾了，足球场上的那种厮杀，那种不确定性，让人着迷。我记得前些年，中国足球队在一个神奇的外籍教练米卢的带领下第一次冲进了世界杯32强，这对于当时中国这么落后的足球水平来说是一个奇迹，人们都非常激动。在32强进16强的过程中，上海电视台体育频道的《看球评球》节目，找我做嘉宾评球，因为他们知道我是一个资深球迷。我记得主持人问我："中国足球首次进入世界杯，你有什么感想？"我回答："中国共产党于1921年成立，于1949年建立中华人民共和国，一共只用了28年的时间，就取得了胜利。但是中国的足球发展了半个世纪都没有成功，这次中国足球终于有了一个进入世界32强的机会，我的心情当然是非常激动的。”当时他们觉得我这个嘉宾讲的话很特别，就问我还有什么感悟，我回问主持人：“你觉得足球最大的魅力是什么？”他愣了一下，没有马上应答。我就告诉他，足球最大的魅力就是踢不进，正是因为这种高难度的竞争才会产生足球的悬念，才会形成一个巨大的世界市场，才会成为体育的第一运动。为什么足球最大的魅力就是踢不进？什么事情没有难度就没有意思，只有高难度的运动，才有无穷无尽的生命力。我虽然说的是足球，但实际上人生也是如此，如果你什么事情也不做，什么困难都不用克服，饱食终日无所用心，那生活还有什么意义呢？这也是足球给我的启示。

为国争光

我在青少年的时候很喜欢打乒乓球。上大学后，在国际政治系的乒乓球比赛中，我的成绩也很不错。之后到了外贸战线，在工作中有机会认识了世界乒乓球冠军郑敏之，几十年来我向郑老师学习到了很多。那个时候协会成立了中外企业家俱乐部，俱乐部每周都会举办一次活动，我们这样的活动整整坚持了 30 年，这个恐怕是中国那么多商会中唯一的一个。我至今还保留了一张照片，那就是 20 世纪 90 年代初我们中外企业家俱乐部在友谊会堂举办的一次别开生面的活动留影。我们邀请了郑敏之来做指导，她还和我在乒乓球桌上打了乒乓球。这张照片我一直珍藏着。以后就有了很多交往，郑老师希望我们组织一支乒乓球队参加上海市的城市运动会。当时我们就组织了一些企业家和一些退役的乒乓球运动员组成乒乓球队，参加城市运动会，在郑老师的悉心指导下，我们最后得了第六名。我经常到她家里去，她家里的客厅当中，放着当年她和毛主席、周总理打乒乓的照片。我问她那个艰苦的岁月中乒乓球怎么能够成为国球长盛不衰，她说那个时候乒乓球运动员都是很纯粹的，心中只有一个念头就是为国争光，国家利益高于一切。所以不管是碰到什么艰难险阻，因为有了这种信仰，就能战胜一个又一个的困难，使得中国的小球转动了大球。这种为国争光的情怀，一代又一代相传。每次和郑老师交谈都让我很感慨，我想我们的父辈当年也都是冒着枪林弹雨，为了国家的利益，不怕牺牲自己的一切。他们是有信仰的人，他们为这个国家可以奋不顾身。我也常常在想生命的意义，如果你是一个小我的人，你是一个自私自利的人，你是一个一切向钱看的人，那么你的生命有多少意义呢？昨天看到新闻，说在这次在抗击新冠病毒的战役中，1000 多名白衣战士不幸染上了病毒，有 6 人已英年早逝。他们用生命践行了生命的意义，让我们每一个普通的人真正懂得了什么叫生命重于泰山！

心静则灵

这次抗击新冠病毒，全国的许多城市都采取了非常严格的措施，要求所有的人待在家里。有不少人发牢骚，觉得待在家里都要憋疯了。是的，过去人们忙忙碌碌，走亲访友，眼睛一睁忙到熄灯，这种生活已经成为一种常态，一种惯性，突然一下子全部待在家里，绝大部分的人是不适应的。我今年春节到海南，由于海南有大批的武汉人前来度假，也造成了病毒的肆虐，我所在的岛上因为出现患者，所以整个岛都被封闭了。到今天，我被关在神州半岛的家里已有一个月了。我开始的时候是很不适应的，因为几十年来我是一个忙惯的人，基本上很少有休息的时间，每天都是在繁忙中度过的，一下子停下来很不适应，很不习惯。但是我的老友潘凯群给我很大的启发，他是一个资深画家，在神州半岛和我是邻居，他非常适应这种关在家里的生活。他告诉我，他每天要在画室里潜心作画十几个小时，由于少了浮躁，少了应酬，有了静心作画的时间，画才有了真正的质量。昨天他发了一个他最近作画的视频给我，我看了后精神为之一振。我觉得他的画比他过去的作品有了大大的进步，更为大气磅礴，匠心独具。所以要保证生活的质量、生命的质量，就要该动则动，该静则静。在这个特定的时间，就是要把心静下来，去掉浮躁，去掉烦恼，去掉杂念。静也是为了更好的动，当我们心无旁骛之时，也将就是我们的成功之日。有感于此，我写了一首词赠给他："花开花落，又匆匆，轻舞飞扬时节。品味经典意兴发，老友畅叙情切。笔墨酣畅，炉火纯青，出神入化。心往神驰，思春江花月夜。　凰仙竹石，栩栩如生，新春风韵绝。飞瀑之下有深潭，创意千山云叠。独具慧眼，领悟非凡，倾情数年心血，吹尽繁红，万水千山飞越。"

童　心

梅子涵是一个非常著名的儿童文学作家，我们有着几十年的友谊。2018年他送了一本散文集给我，上面写了“送给我最好的朋友”。这本书的名字叫《绿光芒》，是他在《新民晚报》上发表的《子涵夜话》的汇集，当然还加了一些新的篇章。他写的有许多都是真实的故事，我的名字也多次出现在这本书里面。真实的故事，真实的场景，真实的心情，读了以后，感到亲切，感触颇深。我们有的时候会长谈，我就问他：你为什么这一辈子就从事儿童文学的创作？他说儿童文学是他最爱的文学，他把一生的心血都倾注在了儿童文学上。之所以如此倾心于儿童文学，是因为一个人不管处于什么年龄，无论是青年，还是中年，或者是老年，都要有一颗童心。这样的话，生命就会有勃勃的朝气。确实，现在有许多人，一上了年纪，就暮气沉沉，这种心态不足取，弄得不好会影响身心健康。记得有一次我到东欧去旅游，我们那个团，大部分都是老年人。我们最后游览的一个国家叫斯洛文尼亚。回国前，导游要我讲两句话，我就说："这是一次非常愉快的旅行，绿色的欧洲，金色的布拉格，蓝色的多瑙河，白色的晨雾，黑色的精灵，让我们每一天都沉浸在阳光心态和月光情怀之中。我想起了叶帅的两句诗：老夫犹作黄昏颂，满目青山夕照明。人生最灿烂的是晚霞，我们应当珍惜。"当我说完这段话后，有一位老人流下了眼泪。我们现在很多人都已进入老境，中国也逐渐步入了老龄社会，在这个时候，如果说我们要探讨生命的意义，我觉得很重要的就是，我们要有一颗童心，具有一颗童心，这样我们才不会觉得老。让我们用童心去拥抱明天的世界吧！

行云流水的大手笔

这些年我跟浙商有很多很密切的合作。比如在 2003 年，协会和一家知名的浙商企业合作组建了一家外贸公司，取得了突出的业绩。浙商有个特点就是敢为天下先，他们有着千山万水、千言万语、千辛万苦、千方百计的“四千”精神，做出了许多非凡的业绩。说实在的，我内心是很敬佩他们的。我与不少浙商是很好的朋友，其中有位是浙江进口商品城的老总，早年在西班牙、葡萄牙与法国等国家艰苦奋斗了 20 多年。刚去的时候一无所有，经过 20 多年的打拼，成了欧洲知名的华商，然后挥师回国，在浙江平湖创建了一个颇具特色的商品城。这个城最大的特点就是全部用进口商品来打造，比如地上铺的大理石，就全都是从西班牙进口的。同时他又独具匠心打造了十几个欧洲各国的博物馆，比如德国的博物馆、英国的博物馆、法国的博物馆。通过艰辛的努力，把这些国家一些最好的产品，全部运到商品城。他还是个有文化底蕴的人。比如2019年的第二届进口博览会，他们那个展馆就是万头攒动，吸引了很多人。他把欧洲的古风琴、古钢琴和各种乐器奇妙地组合在一起，音乐响起的时候，就会发出动人的韵律。那个进口商品城的商场也是颇具特色的，世界各国的品牌都陈列在这里，琳琅满目，而且价格又是国内最低的。所以这个商品城是一个非常具有特色的商品城，吸引了国内外大批的客商。现在，他们正利用进口博览会的溢出效应，让更多的浙江民营企业的商品走向世界。许多浙商做起事情来，有种行云流水的风格，大气磅礴，很令我佩服。所以我觉得一个经商的人，就应该把经商作为一种艺术。如果你把经商作为一种艺术的话，你就会觉得这是个非常有意思的事情，也会使你的生活变得很有趣味。一个人的生活很有趣味，同时也很有意义，那么他就会觉得生命是有质量的。而有质量的生命，正是我们所要追求的。

平凡的风采

我是今年1月16日到海南神州半岛的，当时只随身带了一个小箱子，里面放着我写的《商道一千零一夜》的初稿，我准备利用春节时间把这些初稿改一下。但是来了以后，风云突变，新冠病毒开始在海南岛肆虐。海南岛这个地方春节前后气候宜人，所以这个时候，全国有大量的游客来到海南。据不完全统计，从武汉来的人就有七八万之多，他们分布在各个地区，所以海南的防控形势非常严峻。我们那个小区和半岛，本来人并不多，但是因为有人被感染上了新冠病毒，整个岛就被封闭，很多小区也都被封闭，所有的人都不能进出。这就给我的生活带来了很大的问题，因为有很多生活用品无法去买。我们这次来海南原来也只是度一个假，没考虑长住，而现在又不得不长住，故只能通过网购。网购的物品自然要快递小哥来送，这时间海南岛气温在三十多度，我看着那些挥汗如雨的快递小哥，内心除了感激，就是五味杂陈。因为我们都被关在小区内，要通过一个特殊的通道才能去取这些物品。而这些快递小哥在这种特殊的时期，要接触多少人啊！稍不留意，他们就会被病毒入侵。所以在这个时候，他们这份工作是有很大的危险的。今天我连续三次到取货点焦急地等待着所购商品的到来，当拿到物品时，我再三地向他们表示谢意。我说在这种特定的时候，你们真是特别不容易，快递小哥说："大家都不容易。我家里有一个三岁的小孩，家人都很担心我这份工作太危险，但是如果我们都不干了，那么这些物品有谁来送呢？想了想，还是坚持下来了。"这些都是年轻人，这些都是在平常看上去很不起眼的人，但是在这个特定的时期，他们的行动感动了我们许多人。平凡的人也有不平凡的风采，难道就那些有身份、有地位的人值得尊重吗？当然他们中有不少人是值得我们这个社会尊重的，他们为我们这个社会也做了很多事情。但是我在这里要说，在中国千千万万个快递小哥，千千万万个在平凡岗位上工作的人，他们才是最值得我们尊重的。

真正的青春

这些年由于工作的需要，协会培养了一批优秀的年轻人。经过风雨的洗礼，有的成了青年企业家，有的成了行业的佼佼者，有的成了某些领域的领军人物，谱写了一曲又一曲青春的颂歌。前几年我要找一个工作助手，面试了很多人，也通过不同的途径接触了不少优秀的年轻人，但是用谁还是举棋不定。有一天我面试小朱的时候，对她有眼睛一亮的感觉。她是一个优秀的青年，英国一所名校的研究生毕业。她在英国待了五年，其间她最热衷的就是做志愿者。有一年她要到非洲去做志愿者，那正是埃博拉病毒肆虐的时候。她的父母亲都是企业家，出于安全考虑，都不同意她在那个特殊的时期到非洲去。但是她思前想后，不顾家人的反对，毅然决定去非洲那个充满着不确定同时也有着生命危险的地方，帮助那些穷苦的人民。那是一段难忘的青春记忆，有这种勇气与行动对一个年轻人来说是特别不容易的。

正是因为她身上具有一般应聘者所没有的素质，我最终录取了她。就这样小朱来到了协会工作。在几年的工作中，她展示了不凡的特质和才华。我们每年要参与非常繁忙的跨国采购和联合国采购大会，那段时间常常要夜以继日地工作。有一次小朱发高烧，病得很厉害，但是她仍然坚持战斗在第一线。在她身上我看到了青春的希望。现在有不少年轻人，特别是有一些富二代，饱食终日，无所用心，工作不进取，热衷于啃老，找工作一定要找在市中心上班的，一定要在高档写字楼上班的。在上海的郊区，有数万家进出口的外贸企业，几乎都招聘不到上海的大学毕业生和年轻人，绝大部分的管理职位和一线的劳动者都是外地来的。一方面有些大学生一毕业就是失业，另一方面在一些需要青年人大展身手的出口制造企业却招不到人。这是一种什么样的现象呢？我觉得我们这个时代是需要像小朱这样的年轻人，她尽管也是富二代，但是她所践行的是自力更生，艰苦奋斗，我觉得这才是真正的青春。

小荷尖尖

协会成立几十年来，到协会来实习或做志愿者的大学生或研究生有成百上千，但是大部分人我都遗忘了，只记得一小部分人，小练就是其中一个。

跨国采购是一个政府平台，它是由商务部和市政府主办，由跨国采购中心和协会合作承办的盛会，主要是联合国采购和跨国采购，届时世界500强的很多企业都会来参加这个中国唯一的逆向采购的最大展会。该展会已经持续举办了19年，当时的小练还只是一个大二的学生，她出身于广东农村家庭，个子矮矮的，长得也很不起眼，但是她却在众多的同学当中给我留下了深刻的印象。通过志愿者培训之后，她就开始了为期三天的整个跨国采购运作。她的英语很流利，事后我才知道她有一个比利时的留学生男朋友。为了跟男朋友交流，她就苦练口语，甚至一遇到外国人就主动用英语对话。小练觉得跨国采购中那么多外商，更是学英语的一个大好机会，所以在那三天，她每天很早就到展会，一直到闭馆，一刻不停地跟国外客商进行英语交流，帮助中国企业和国外大公司进行跨国采购订单的洽谈。就这样，她在一群很被动的、看到国外客商连话都说不利索的大学生当中显得鹤立鸡群。但是直到活动结束，我也没有太过关注她。后来有一天，联合国儿童基金会的一个负责人来找我，说你们这边有一个志愿者小练非常优秀，希望她能够到联合国儿童基金会去工作。当时我感到非常兴奋，她能在短短三天就得到联合国有关机构的认可，说明她的能力确实不同凡响。之后，我第一次找小练单独谈话，肯定了她的成绩，告诉她说这是一个极其难得的机会，可能别人一辈子也不会遇到。当时她很为难，她说她才二年级，如果去工作了，可能会拿不到学位证。我说学历其实不重要，重要的是能力。小练便回去跟她的父母商量，由于她父母坚决反对，最后这件事只能不了了之。

到了第二年，她又来参加跨国采购活动，这次的小练已经是志愿者团队的带队人了。我记得那次有一家做仪表的公司来参会，这家公司老总不太重视这个展会，只是叫一个退休的、完全不懂业务的人来看展位。但是小练却很认真地对待每一个企业，先是对这家企业的产品、出口情况和相关数据做了大量功课，然后不厌其烦地向国外一些相关公司介绍沟通，自始至终，所有的流程完全是她独立完成的。很快这个展会就结束了，看来这个故事也接近尾声了，但是小练的人生故事才刚刚开始。三个月后，这家公司老总打电话给她，让她去一趟公司。到公司后，老板非常高兴地给了她很高的奖赏。小练不知所措，便把钱交给了学校。我知道这件事后，跟校方领导沟通，说她应该得到这笔奖励。后来，小练就拿了这笔钱去了德国深造。

这件事情给我很深的触动，我觉得机会总是给有准备的人的。当代年轻人要找到一份好工作很不容易，那么如何通过自身的努力来找到一份心仪的工作呢？这个故事可以给今年800多万应届毕业生一个启发，即要自强不息，不断地完善自己，不断地通过实战训练提高自己的能力，这样才能获得机遇。年轻人是未来的希望，他们尽管没有丰富的阅历，但经过自己的奋斗，尖尖小荷必然会绽放出迷人的芳华。

在这里我要说，如果你努力了，你奋斗了，那么你的人生是精彩的，你的人生可以称得上是青春无敌。我希望每一个年轻人都能够成为“自古英雄出少年”这个群体中的优秀成员。

幸福的故事

幸福是一个德国的留学生，我记得她当时是在上海东华大学学习。有一年东华大学留学生办公室的一个负责人，给我推荐留学生来实习，第一批来了五个人，幸福就是其中之一，她给自己取了个中文名字就叫幸福。当时我要了解一下他们的中文水平，正好，第二天有两场外事活动，活动的邀请函发给了我，我要幸福念一下。她当时结结巴巴念不清楚，我觉得她中文很差，是否留下她我就有些迟疑。幸福对我说，她会加倍努力学习中文，她希望有这么一个实习的机会。后来我就断断续续地要她每个星期来一天，参与我们这里的一些杂务性的工作。但是不久我就觉得她的中文变得很流利了。有一天我对她说，我要到南通高新技术开发区，你可以一起去，她很高兴。那天我就带她一起到了南通。南通高新技术开发区的领导很热情，因为我们之间是战略合作方，双方谈了很多内容。回来的时候我就跟幸福说，你写一个工作反馈。当天晚上她就发了一个工作反馈给我，我很吃惊，其文字写得非常精到。我觉得她是个非常努力、非常认真的人。我到德国去过几次，德国人给我最深的印象就是一丝不苟。她说当时为了学中文她不放过任何一个机会，所以在短时间内中文就有很大的提高。后来她参加了跨国采购的一些工作，但很快她的交换生时间到期必须回国了。她回国没几天跟我联系，说她很希望能够参加这一年9月份的跨国采购大会。我当时就明确表示不同意，我说我们没有义务来给你承担任何费用，你这次如果来的话，机票、住宿等是很大的开支，而且前后也一共只有一个多月的时间，但是她还是自费来了。我很感动，就直接给她安排到联合国采购这个部门去实习。每天她总是最早一个到那里，最晚一个离开，所以跨国采购的很多领导都非常熟悉她，包括一些世界500强的参展商都非常熟悉她。很快这个会展就结束了，我当时笑着对她说："我希望你能够迟到一次，因为你来我这两年多的实习时间，从来没有迟到过。"这在中国来说是完全不能想象的事情，但是她做到了。所以我觉得像她这样的人，不管到世界任何地方都会有非常美好的未来。回国以后，她要我给她写个鉴定，我高度赞扬了她在这里的工作。她现在找到了一份心仪的工作，而且在跨国采购的对接过程当中，她也促成了一些交易，拿到了可观的报酬。所以我觉得人是需要有毅力的，是要有坚持的精神的。你只要热爱这个工作，坚持不懈地做这份工作，你就会把这份工作做好。方向对了，就不怕路远，沿着江河走，你最终就能找到大海。

苦与乐

前几年我们因为业务的需要，需要大量招聘一些年轻人。这里面包括大学毕业生和有一定社会工作经验的人。那个时候有大批的人前来报名。记得有一天我一下子面试了几十个来应聘的人，搞得我很累，面试的人太多，有时就很难选择，所以就一直迟迟定不下来。

有一天来了一个应聘者，叫小余。她大学毕业后在一家计算机公司工作了两年，她希望到协会来工作。当时我就问她有什么特长，她说："我没有什么特长，但是我特别能吃苦。"我就问她：凭什么说你能吃苦？她告诉我，她们家从来没用过空调。我吃了一惊，她告诉我原因，原来她家是一个特别贫困的家庭，她的父亲长期卧床，母亲没有工作，所以在上高中的时候，她就想辍学打工来帮助她父亲支付药费。最后学校帮助她克服了这些困难，让她得以考进大学。她在上大学的时候，一年三百六十五天从来没有一天休息，做过很多兼职的工作，比如在麦当劳、肯德基做过清洁工，也帮助一些公司在外面发一些小广告，等等。因为家里穷，没有钱买得起空调，所以她特别不怕冷，也不怕热。我记得那一次跟她谈话，仅仅用了半个小时，就决定在几百个应聘者中选她。我觉得她是一个有前途的人，因为一个从来不用空调的人，会有特别吃苦的精神。

过了两天，她来上班。我就对她说：“你不是很能吃苦吗？那么我今天交给你一个吃苦的工作，就是有一家公司拖欠我们的钱已经三年。这家公司一直以种种的原因不肯还钱，这件事就交给你，要把这家企业拖欠我们的钱要回来。”这件事情难度是非常高的，我派了很多人去跟这家企业联系讨钱，都没有成功。这家公司是在上海郊区很远的地方，她接到这个任务后，第二天早上五点钟就起床，八点以前她就到了这家公司。公司的办公室人员告诉她：“今天公司老总不在。”她说：“我昨天跟他通过电话，老总说他今天在公司的。”公司的人就说，他没来。这种情况，一般很多人就回来了，但是她就静静地坐在办公室。她就一个人从早上八点钟一直坐到下午五点，这当中没有任何人给她一杯水，她从早上一直到晚上没有吃一口饭。下午五点，老总出现了，他对小余说：“对不起，我有事情，我们拖欠的钱已经三年了，今天我们把钱让你拿回去。”小余听了以后很高兴。这个时候老总把财务总监叫来，财务总监说：“我们暂时没有钱，我们还拖欠很多农民工的工资。”他们实际上有钱，就是不想还。于是，这个老总说：“你今天先回去，我们想办法尽快地根据协议把拖欠的钱还上。”第二天早上，小余起得更早，她吸取了上一次的教训，带了一瓶水、一个面包又到这家公司去，从早上八点坐到下午五点。就这样一天、两天、三天过去了，直到第十天，每天都是天没有亮就从家里出发，一直在那家公司坐到晚上。就在第十天，这个老总给我打电话说：“你派的这个小余太厉害了。我们实在没有办法，今天我给了她一张支票叫她把我们拖欠你们公司的所有的钱带回去了。”

那一天，她回到办公室的时候，已经下午五点半左右。我通知财务等在那里，我们给了小余一笔奖励费用。中国现在的要债难度太高了，你没有顽强的意志，你没有坚持不懈的精神，钱是要不回来的。所以这个不用空调的女孩子，确实是非同一般。应该说她是年轻人中的强者。苦和乐是一对矛盾，你只有乐在苦中，你才能苦尽甜来，你才能超越自己，成就一番事业。

足尖的魅力

史小曼是一个气质和素质俱佳的年轻人。我第一次见到她的时候她刚从英国回来。她在英国的一所名校研究生毕业后被一家英国知名的跨国公司录用，这家公司主要是做体育产业的。不久，公司就把她派到中国来负责中国的业务。因为离开中国很长时间了，她对上海的情况很陌生，希望我能够帮助她拓展在上海的业务。我给她介绍了一些在上海体育界的朋友，还给她提了个建议，说你们这家公司要到中国来开辟业务，必须要有一定的知名度，你们一定要通过某些活动来打响你们这个品牌。不久这家跨国公司的总经理就到了上海，他是一个热情洋溢的英国人，我们很快就成了朋友。我告诉他我们每年要在上海举办跨国采购大会，世界 500 强企业和诸多的中国明星企业都会参会，会上有一个影响巨大的论坛，我建议他可以在这个论坛上做一个演讲。他听了以后特别高兴，于是在那一年的跨国采购大会的高峰论坛上，他做了一个关于体育产业的精彩演讲，取得了很大的轰动。之后史小曼就作为这家公司在中国的首席代表开展各种各样有特色的商业运作和活动。我记得有一年，我和上海的一批企业家到无锡的华东疗养院去体检。史小曼打来电话，她说要在虹口体育场的申花俱乐部举办一场盛大的酒会，很多国内外知名的体育界人士和中国足球明星会前来参会，她希望我能够在会上讲讲话。我很为难，因为那个时候我在无锡，但是我最终还是想办法赶到上海，参加了这场盛大的酒会。我在会上说，我是一个球迷。几年前，我和申花俱乐部合作，成立了一个申花俱乐部中外企业家足球沙龙，我是这个沙龙的主席。我们倡导广大的企业家能够投身到体育锻炼和足球运动当中。我说足球就是人生，你要踢好球，你就一定要有初恋般的激情、大海般的胸怀、钢铁般的意志、冰山般的沉静和永不言败的精神。这种体育精神也是人生的一个坐标。我的讲话在会上获得了热烈的掌声。之后史小曼每年在上海组织年会，我都会抽空去参加。但是我最敬佩这个年轻人的一点是，只要一有空她就去练习芭蕾舞。经过数年的艰苦的芭蕾舞的训练，她也经常参加芭蕾舞的演出。她告诉我，她热爱跳芭蕾舞，芭蕾的学习给她的人生带来很多启示。这就是足尖的魅力。跳芭蕾舞是非常辛苦的，要不停地旋转，每次练习都是挥汗如雨，就如同进行了一场剧烈的运动。她的足尖经常扎满厚厚的绷带，但是她始终乐此不疲。实际上如果你是一个热爱运动的人，不管你是跳芭蕾舞，还是踢足球，你的生命就会有独特的光彩，你就会用一个健康的体魄去拥抱这个深情的世界。

仁者长寿

我在东北延边一个偏僻的小山村插队落户了整整五年，那个时候我们这个集体户是有些影响的，所以经常会有一些领导和有关方面的人来我们这个小小的集体户访问。当时杨德广是上海慰问团的成员，也来看望过我们上海知青，就这样我和杨德广有了一些交往。后来他担任了上海高教局的局长。他是个很有特点的局长，从来不坐轿车，每天都是骑自行车上下班。他的家住在常熟路的瑞华公寓，我到他家仅仅五分钟的时间，有的时候我会到他家里去看望他。他是个非常简朴的人，在单位上班，中午就弄一点小菜，啃两个馒头，我问他：像你这样级别的干部为什么不坐轿车要骑自行车呢？他笑着告诉我，他很看不惯那些官场的奢华习气，骑自行车上班有什么不好呢？既方便，还可以健身。后来他调到上海师范大学做校长，一直干到退休。他退休后做了一项惊人的举动，因为他看到有一些从贫困地区来的学生上大学很不容易，就把自己的一套房子捐赠给国家，同时也拿出一些钱，设立了一个基金，专门资助那些贫困的大学生。这一举动让我非常感动，当今像他这样有境界的老者和领导太少了！这是一个真正的共产党人，他用实践来践行了博大的爱。他现在已经 80 多岁了。但是身体很健康，红光满面的。中国有一句老话叫仁者长寿，就是说你是一个有大气度的人，你是一个有为民情怀的人，你是一个做了许多善事的人，那么你不仅会得到所有人的尊重，你还一定会健康长寿。杨德广校长不就是仁者长寿吗!

无规律生活的悲剧

我有个中学同学，他是个很有才华的人，但挣了一些钱后就不约束自己，经常泡酒吧，有时到深夜两三点钟，生活也毫无规律。有一次我碰到他，就跟他说，你要注意，不要每天搞得这么晚，这样对身体没什么好处，最好能把吸烟、喝酒等不良嗜好戒掉，但他不以为然。有一次他走在马路上，突然就昏倒了，被好心人叫 120 救护车送到医院。医生检查后告诉他，他患有高血压、心脏病、痛风等多种疾病，最后他在医院做了心脏搭桥手术。出院后他对自己无规律的生活进行了一些反思，所以有一段时间身体状况明显好转。但是有一天他对我说，他接到一个电视剧剧组的邀请，要他出演其中的一个角色。我就对他说，你出院不久，身体刚刚恢复，这样的身体素质是无法适应紧张而又辛苦的电视剧的拍摄的，我建议他要慎重考虑。他说他非常热爱拍电视剧，更何况住院的那段时间花了很多钱，他需要钱，所以他决定去参加那个剧组。我就对他说你自己一定要注意生活规律，好自为之。这个时候是春节以前，中国人过春节都会互相问候，春节时我打电话给他，很意外的是打不通。我觉得可能出了问题，又和几个老同学分别与他进行联系，最终得到的消息，他已于几天前去世了。我们的心情都很沉重。他为什么会这么早地离开这个世界？主要就是无规律的生活造成的悲剧。人的生活是要有规律的，如果违背了规律，就会受到惩罚。所以一个人，要改掉自己不好的生活习惯，比如吸烟、喝酒、晚睡、泡吧。希望每个人都能关注健康，注重体育锻炼，使得自己能够按照生命的规律好好生活，健康长寿。

山海经

前几年由于工作的原因，我到神州半岛基本上是三五天就回上海了。但是这一次由于新冠病毒的肆虐，我所住的这个小区和半岛都被隔离了，到今天为止正好在这个岛上待了整整一个月。刚来的那几天倒也没什么，比较轻松，每天到小区的食堂吃饭。这几年我每次到食堂去吃饭都会碰到一个六十多岁的人，匆匆地来，吃完以后就匆匆地走，他的一日三餐都是在食堂里解决的。这次我也有空，就和他聊了起来，很快就成了朋友。他告诉我他来自北京，在这里来买了一套房子，已整整住了四年了，一次也没有回过北京。我非常吃惊，对他说道："来海南岛的人，都是像候鸟一样，每年冬季度一个暖冬就匆匆地回去了，你为什么在这个岛上待了整整四年也没回北京呢?"他笑着对我说，他特别喜欢这个地方，因为空气很好，风景很秀丽，更重要的是这里很安静，没有人打扰。他以前是在大学里做老师的，多年前开始醉心于研究中国的古籍《山海经》，为了更专心地研究，他还辞了职。他的太太非常生气，就和他离了婚，所以他就一个人宅居在这里整整四年。他说他完全陶醉在研究《山海经》这部巨著的乐趣中。他认为《山海经》博大精深，孔子、老子、孟子等先哲都受过这本书的影响。为此他每天都在案头奋笔疾书，写下了大量的研究心得。他的成果也得到了很多专家和领导的重视。但是像他这种研究，究竟有没有市场呢？有一个朋友就建议把《山海经》拍成电视剧，因为《山海经》中有很多故事是非常精彩的，比如说愚公移山、精卫填海，等等。他听了以后豁然开朗，这两年就在做电视剧剧本的写作。他觉得这个工作太有意思了，也太有意义了，因而乐此不疲。家里的人都不太理解他，他也不以为意。我觉得在生活中如此特立独行，如此痴迷于自己的爱好，难道也不是一种有味道的人生吗？

选　择

数年前，有一位名叫孔斌的企业家来找我。他给我的第一印象是内心很压抑。交谈了几分钟，我就知道他心事重重。我笑着对他说，我看你这张脸就大概知道你的情况。你先是悲壮，然后是悲怆，现在的处境是悲凉。他很吃惊地说，你说得太准确了。原来他领导的公司资金碰到了很大问题，背了不少债务。他们公司主要是做城市的书报亭以及相关产品的，前些年市场很好，他们就扩大再生产，增加了很多成本。后来市场萎缩，资金就出现了严重的缺口。在我们协会的帮助下，他们通过中信保和银行解决了资金问题，公司又取得了很大的发展。过了两年，有一天他打来电话，又反复地给发我微信，希望我能抽空到他的公司去看一看。他的公司在上海，但工厂在浙江的定海。经不住他反复多次地盛情邀请，我带了几个人就乘坐高铁到了那里。他开车到车站来接我们，经过了一座大山的时候，他说这座大山是他买下来的，我笑着说你就吹牛吧。他说这毫无虚假，这座山过去是荒山，他就签了 50 年的租赁合同。这些年公司发展了，就把荒山开辟成果园，种了很多杨梅、葡萄等水果。我们兴致勃勃地上山，看到一望无边的果林，感到他真是个很不容易的人。那天晚上我们聊到很晚。他说他当年在政府的一个部门做中层干部，通过思前想后，毅然下海，当然做这个决定是很不容易的，因为在政府部门工作，生活很稳定，而一旦下了海，前面的道路漫漫不可知，也不知道有多大的风险等着。他经商十几年，历尽辛酸，什么样的苦都吃过。我笑着说，我和你们这些老板打交道几十年，你们基本上都是看上去很光鲜，实际上有太多太多的苦恼和压力。经商经商，经常受伤；老板老板，脸老是板；总经理总经理，总是被修理。但是为什么这些人至今还不悔呢？这就是一种不屈不挠的精神在鼓舞着中国一大批敢于冒险的企业家。也正是因为有这么一批敢于冒险的企业家选择了充满风浪的生活，才有了中国外贸的空前发展。中国在 20 世纪 80 年代，外贸仅仅位居世界第 61 位，但是这些年中国的进出口贸易额，已经位于了世界的首位，难道我们不应该为这些企业家当初的选择点赞吗！

人生的意义

黄文蕾在协会工作有三年的时间，她是个很有亲和力的人，特别是与人沟通交流常常给人留下深刻的印象。记得那个时候，协会与各地的有关部门有很多的联系和合作，所以小黄就和那些部门的人有很多的电话沟通，那些部门的人往往会笑着对我说，他们特别想一睹小黄的芳容，因为她沟通的方式特别亲切。之后她去了美国，在美国的一家著名的跨国公司工作。几年前她回国了，回国以后，她就到贵州边远的山区做志愿者，帮助那些穷苦的孩子们学习文化，一干就是几年。以她的能力和在美国的工作经历，回国以后无论做什么工作，都应该说有不错的待遇，但是她对我说，这么多年从中国到美国，也到世界各地都走过，她实实在在考虑过人生的意义，难道一个人生活在这个世界上仅仅是为了挣钱、为了有个舒适的生活环境吗？看到这个世界上还有很多穷苦的人，他们因为贫穷而失去学习的机会，看到在中国偏僻的山村也有很多读不起书的孩子，她觉得应该担负起社会的责任。她说她第一次到贵州去支教的时候，看到那些衣衫褴褛的孩子，问他们有什么愿望，这些孩子们说，他们想读书，他们想吃一个热的馒头，自己的心都碎了，所以毅然决定留在山里做志愿者，帮助这些贫困山区的孩子改变人生。我想她在改变这些孩子人生的同时，也让自己的人生有了新的意义。

人生贵相知

在人的一生中，会遇到很多的事情，会碰到很多的人，也会有很多的朋友，但是真正称得上铁杆的朋友并不会多。俗话说，人生得一知己足矣！葛朗就是我真正的知己，我们是几十年的老朋友了。他大学毕业后就在上海戏剧学院工作，多年担任上海戏剧学院的院长。这所学校在中国是艺术名校，每年都有大批的年轻人报考，有的专业近千个人才能录取一个，真是叫千里挑一。这个学校培养出了大批的明星，这些明星看到葛朗都很尊重，恭恭敬敬地叫他葛爷。由于工作的便利，他经常请我看戏，有些年几乎每周都有一两次这样的机会。一听到他打来电话，我就很兴奋，我知道好事就要来了。我是一个很痴迷观看话剧、音乐剧等各种文艺演出的人，这些精湛的演出，极大地丰富了我的精神生活，给我的人生带来了无穷的乐趣。记得有一年情人节，葛朗打电话给我，问我有没有空去看两场电影，我二话没说就和他一起到了上海影城。那天影院里都是过情人节的情侣，我们两个大汉进场，真是一道别样的风景线。葛朗是个真诚的人，善良的人，又是一个热心帮助别人的人。他帮助了很多需要他帮助的人，帮助他们解决各种各样的问题，而且从来不求回报。他退下来后又到了一所民办大学做院长，在有生之年继续做着培养教育下一代的工作。我们都认为，工作是美丽的，在工作中可以享受很大的乐趣，能够追寻到一种无限风光在险峰的境界。

极致的追求

齐路通将军是我很尊重的朋友。他以前是中国人民解放军空军某学院的院长，中国女宇航员刘洋就是他的学生。退休后他又领导了东北文化促进会，主要是加强上海和东北三省的经济合作。他尽心尽力做了很多工作，我们有很多的交往。有一天，他说他要和我一起到一家企业去，这家公司的名字叫玛格隆特，是做骨瓷产品的。我们驱车到了这家公司，公司的总经理赵春阳热情地接待了我们。他是个非常智慧和儒雅的人，言谈举止给我留下了深刻的印象。到这家公司的生产车间看了一圈后，我也是大开眼界。我到过无数的工厂，对各种企业做的各种产品，多年来我是太熟悉了。但是他做的这些作品使人感到惊艳，因为玛格隆特的骨瓷在国外有着极高的声誉，英国王室就是用该公司的骨瓷作为精美的礼品，我们国家领导人赠送给各国贵宾骨瓷一类的礼品均出于这家公司之手。比方说世博会、G20 峰会，还有中国进口博览会，许多国家的政要和贵宾对玛格隆特产品都惊叹不已。公司陈列厅陈列的上万种千姿百态、独具匠心的展品，真令人叹为观止。赵春阳以后就成了我很好的朋友，我们有很多话题，一谈起来就意犹未尽。他早年在部队，复员后师从骨瓷大师的岳父学习骨瓷工艺。掌握了骨瓷工艺后，他几乎把骨瓷工艺做到了极致。为了让骨瓷产品成为国礼，他经常是夜以继日地工作。我问赵春阳为什么要做这种极致的追求，他说："人总要有理想、有目标的，这样的人生才有意义。我是把它作为一项事业来做的，看到自己的这些作品能够成为国礼，就感觉到生命有了价值。"我想这也是很多人都认同的理念。当然在这个过程中你要付出极大的毅力，你要经历各种失败。但是方向对了，就不怕路远，沿着江河走，你最终会找到大海。

不幸是一所大学

文艺批评家别林斯基说过这样一句话：不幸是一所大学。我对这句话有很深体会。青少年的时候我经历了“文化大革命”的浩劫，父母亲都被关押了数年之久。我记得我父亲被解放后的第一件事，就是把补发的这些年的工资全都交了党费。他对我说，“文化大革命”中虽经受了惨无人道的迫害，但还是靠坚强的意志挺了过来。在父母亲的影响下，我也养成了自己坚强的意志，在几十年的工作生涯中，虽经历了无数的艰难困苦，但还是坚持了下来，并且路越来越宽。人生要经得起折腾，如果一个人一生安逸，那么他势必就一生平庸。我曾在外贸进出口战线上工作过多年，许多人和我一样，都是从艰难困苦中走来，为了反映外贸职工的奋斗、进取精神，我组织人搞了一个电视片《腾飞之路》。该片以宏大的气势、纪实的手法、快速的节奏、浓厚的理论色彩反映了中国的进出口战略。这个电视片由当时的上海市市长江泽民题词，我担任这部片子的总编辑。当然这都是几十年以前的事情了，我为什么要说这些呢？因为我感到，大风大浪并不可怕，人类社会就是在大风大浪中发展起来的。这次新冠病毒给我们国家带来了一次重大的考验，有不少人慌了神就听信谣言，并且通过各种方式进行传播，也有人对现状感到悲观，内心极度的恐惧。一个人如果没有强大的内心，那么这个精神上的病毒就会和空气中的病毒不期而遇，给身心带来重创。我坚信我们一定能够赢得抗击新冠病毒的胜利。黑夜总会有尽头，明媚的春天一定会到来！让我们用强大的内心来构筑我们的精神高地，用逆行者的精神，去迎接面朝大海、春暖花开的时刻。

变化是永恒的

所谓的同学会，我也经常参加，但是我的一位同学很特别，他基本上不参加这些活动。他在上海一家大型国企做老总，非常忙碌，每次邀请他，他总是以工作忙碌拒绝。久而久之，大家也就想不起他了，我也懒得和他打电话，因此有好几年我们都没见过面。

有一天，他突然打电话给我，听声音非常急迫，他问我今天能不能见个面。我就笑了，说："你不是每次都忙到同学会都来不了吗？今天怎么有空了？"他说："我们无论如何要见个面，而且我希望你到我家附近的咖啡厅来。"我记得那天早上，我临时改变行程，到他那里去了。原来他因为年龄的原因，领导让他退休了。他退休后，因缺少心理准备，感到非常空虚和惶恐，每天在家看电视。就这样在家待了一个多月后，头发越来越白了，他特别想和人聊聊天，想参加同学会活动。我告诉他，一个人生活在这个社会中会碰到各种不同的状态，所以在台上风光的时候，要考虑到下台后的情况；有工作在做的时候，要考虑退休以后的生活。当你过去拒绝参加同学聚会的时候，就要考虑到将来融入这个圈子的难度。因为兵无常势，水无常形，变化是永恒的。你要学会适应这样的变化，做到既上得了厅堂又下得了厨房，这样才能保持一个好的心态。实际上这个问题是大家都很关心的，我今天在这里说出来，也是希望一些忙碌的人，尤其是担任领导岗位的人辩证地对待自己，对待社会，早些做好思想准备，不致产生过大的心理落差，平稳过渡到晚年生活。

一蓑烟雨任平生

中国宋代大文豪苏轼的《定风波》词云："莫听穿林打叶声，何妨吟啸且徐行。竹杖芒鞋轻胜马，谁怕，一蓑烟雨任平生。　　料峭春风吹酒醒，微冷，山头斜照却相迎。回头向来萧瑟处，归去，也无风雨也无晴。"这首词反映出他对人生的态度。人的一生当中，就是在风雨中，就是在变化中，就是在不同的环境中。在碰到风雨的时候，要潇洒、淡定，要知道这就是生活的常态。四季是在轮回的，季节是在变化的，平静中有不平静，即使你在大晴天，也会突然碰到风雨，生活中也是如此。他写出了在突如其来的风雨中，人应该保持"一蓑烟雨任平生"的心态。现代人也很难做到这一点。我们在生活与工作的各个不同阶段，总是会碰到各种问题和矛盾。在碰到这些问题和矛盾时，很多人就会产生各种困惑，感到沮丧，乃至失去对生活的信心，个别人甚至走上绝路。前几天晚上就有一个企业家打电话给我，说他公司出现了问题，产品销售不出去，造成积压，他由此也产生了消极的情绪，甚至怀疑人生。我告诉他，人类最有价值的东西是精神，在困难的时候精神气质和胆魄都很重要，一个企业家要像蜜蜂一样执着，像蝴蝶一样飞舞，像脱兔一样飞奔，像大象一样坚定，经得起挫折，经得起磨炼，经得起压力，经得起失败，经得起市场的洗礼。我特别强调每个人都要有苏东坡的那种“一蓑烟雨任平生”的洒脱，在顺境的时候，不趾高气扬；在逆境的时候，也不万念俱灰，学会在风雨中前行。这位企业家朋友听了我这一番话，很快就释然了。

体 检

我每年都会去医院进行全面的体检，这个习惯已经保持了很多年。现在很多人不愿意去体检，这里面有很多原因，有的人太忙，有的人怕麻烦，有的人嫌贵。我有的朋友十年二十年都没有体检过，这是很不应该的。因为人就像一辆汽车一样，慢慢就会老化。如果不定期体检，不及时发现身体的毛病，就会产生很多问题。体检是保证健康的一个非常重要的手段，所以不要有侥幸的心理。在这里我向每一个人呼吁，你只要有条件，一定要坚持每年去体检一次。过去基本上每个人都由单位安排体检，但现在更多的人是自己花钱到医院里去体检，我认为这个钱是应该花的。现在有很多人把钱花在吃饭、买化妆品、旅游或者买包上，但是我认为这些东西都不重要，重要的是身体健康。有的病如果提早发现、提前治疗，就不会有什么后果。而如果长期不体检，突然查出有什么疾病的话，那自然就为时已晚。生活中，我们经常会听到或看到有些人多年不体检，一体检就检查出很大的问题，甚至危及生命的事例。什么样的体检是一种比较好的方式呢？我认为现在国人都对健康问题高度重视，但往往在不同的医院体检效果也是不一样的。我以前都是在上海的医院进行体检，每年体检一次，每次体检的时候都有很多人排队。匆匆体检以后，在等体检报告的那段时间惴惴不安，生怕自己的身体出现什么毛病。一般你如果随着本单位去体检的话，体检报告通常要十天或者更长的时间才能拿到。最近几年，我和一些朋友都到位于无锡的华东疗养院去体检，那里的体检科学严谨，体检当天就可以拿到体检报告。我认为华东疗养院是一个适合人们安心去体检的理想场所。

你高兴吗

我觉得在现在这个社会当中，很多人的心理都是有问题的。如果你去问一些正常人："你快乐吗？"他们都会回答不快乐。对一些老年人来说，他们退休了，收入少了，生活寂寞了，所以不开心。对一些中年人来说，他们从事着复杂、艰苦的工作，压力很大，每天起早贪黑上班，在公司还会遇到很多矛盾，所以也不开心。对年轻人来说，不开心的事情可能更多。首先是男女情感的问题，据上海一个统计结果表明，刚结婚就离婚的年轻人不在少数，也就是所谓的"闪离"。今天热恋，明天就失恋；今天希望，明天就绝望，这已经成为一种常态。另外还有很多年轻人找不到工作，没有定位，收入很低，他们也会不开心。所以社会中充满了这样那样的问题。很多人觉得当了老板，成了有钱人就不会不开心了。但其实老板们更不开心，经商经商，经常受伤，一个老板要管理一家公司，承受的压力就更大。他要挣钱，养活那么多的员工，而且公司业务时好时坏，有牛市更有熊市，有高潮更有低谷，有成功但也经常失败，所以老板的日子也很难过。很多人都不开心，社会上慢慢地形成了越来越大的焦虑群体，怎么办？这是一个社会问题，需要社会学家、心理学家进行有效疏导，让大家都开心起来。我更希望每一个活着的人，不管你的年龄是大是小，不管你是男人还是女人，不管你是中国人还是外国人，我衷心地希望大家都能够开心起来。碰到困难了，碰到挫折了，碰到压力了，碰到了不顺心的事情了，都要保持一颗强大的心脏和一个好心态。当然说说很容易，做到确实很难，但是我们就是要想办法化解心里的矛盾，始终保持一个快乐的心境，活得快乐。要知道，一棵树会有阴影，但是在巨大的阴影下也有明亮的底色。让生命的底色变得明亮，这比什么都重要。一个快乐的人，要在财富和精神中自由穿行，在理智和激情中自由穿行，在快乐和希望中自由穿行。

健康的规律

我这么多年，接触了大量的企业家，这些人在事业上都是成功的，创造了惊人财富，但是也付出了巨大的代价。我经常会听到或直接看到一些企业家因为沉重的工作压力，身体出现严重的问题。

有一次我们组织了一批企业家到嘉兴去参观考察，在那里待了几天。我在会上说："我跟企业家打了几十年交道，在企业家中，有一个很特殊的现象，值得每个人警惕，那就是开始的时候，都是白手起家，艰苦创业，不断努力奋斗去创造价值，基本上的状态就是'疏影横斜水清浅，暗香浮动月黄昏'，眼睛一睁忙到熄灯，这是第一个阶段。而第二个阶段就是公司搞大，发财了，买了车，买了房，员工多了，车马也多了，这个时候便是'冠盖满京华，斯人独憔悴'。你看他的脸上，东到十六铺，西到曹家渡，布满了密密麻麻的皱纹。如果这个时候还不注意的话，就会出现第三种情况，那就是‘断送一生憔悴，只消几个黄昏’。有一些我很熟悉的企业家朋友，英年早逝，这样的教训太多了。”我希望每个企业家都能做到文武之道，一张一弛。健康是有规律的，在任何时候，如果你不停地透支健康，那么最后会给你带来巨大的问题。健康最首要的是要注意做好平衡，做好压力和动力的平衡，做好快和慢的平衡，做好一张一弛的平衡，做好休息和工作的平衡。只有这样，我们的企业家才能够有充沛的精力走向更美好的明天。

志在暮年

我有些朋友他们的过去都有很多不凡的经历，在工作中有很多出彩的业绩。但是人都会老的，到了年龄以后就会退休。不同的人在退休以后对生活就有不同的选择。我有个朋友很有意思，他从领导岗位退下来后，突发奇想，想去走遍祖国的山山水水。有这种想法的人有很多，但是他是个特例。他工作的时候不会上网，退休了以后才学会，于是就在网上找驴友。他在网上找到了两个年轻的驴友，分别是在两个不同的城市。他们三个人就结伴一起聚会四川成都，然后从四川成都骑自行车到西藏拉萨。这可不是一般的壮举，从四川到西藏全是海拔很高的山，路上相当危险，两个年轻人再加上一个退休的，总共三个人，就是在恶劣的环境下不停地骑。大概经过了两个多月时间，他们终于到达了西藏拉萨。他跟我说，这是他一生中最为难忘的经历。我说你也太奇葩了，你这种壮举让我们太匪夷所思了，即便是坐火车或飞机，去西藏也需要有相当的勇气与决心。他告诉我，他已经有瘾了，他会一直骑下去。我问他今年怎么打算，他说他今年会换一条路线走，从青海的玉树骑车到拉萨。这就是他的人生。人一旦有了信念，有了理想，有了梦想，就会有不一样的人生。你去哪里，全世界都会为你让路。

反　思

这次新冠病毒的肆虐是一个极其深刻的教训，它引起了我的很多朋友的反思。因为最近都宅在家中，就有了和一些朋友通话交流的机会。过去大家都很忙，来去匆匆，很少有这种电话或微信交流的机会。不少人都觉得这次疫情是一件坏事，但是从辩证法来说，坏事在一定的条件下可以变成好事。要让坏事变好事，就需要我们进行深刻的反思。比如说，在企业界的商业活动中，大吃大喝，三天一小宴、五天一大宴的情况很严重，而且挥霍浪费已成常态。那么通过这次教训，我们能不能回归到理性的、健康的饮食习惯呢？我觉得必须要这样做，粗茶淡饭，营养适宜就可以了。过去的那种餐饮奢靡之风一定要坚决刹住。另外大部分人都扎堆在城市的中心办公，很多所谓的高档写字楼，都是没有窗的，一旦病毒入侵，后果不堪设想。那么我们是不是应该从建筑学的角度去认真思考：什么样的办公才是最适宜的？

还有就是各种各样的商务活动，大量的集会，造成人员的迅速密集。这种情况是不是也可以做一些改变呢？我们必须通过这件事情，深刻地吸取教训，正本清源，从而改变我们的思维定式，把人的健康真正地放在一切工作的首位。唯有如此，这个社会才会进步，切切不要像以前一样好了伤疤忘了痛，又重蹈覆辙。实际上人类发展的历史就是与疾病斗争的历史，我们不能让悲剧不断地发生，因为可复制的悲剧比悲剧更可怕。我们要践行生命至上的理念，没有什么比生命和健康来得更重要的。

悠悠万事，唯此为大

我和一个资深教育专家的老朋友曾聊起有关教育的话题，我们对现在流行的一个口号“不要输在起跑线上”都非常不解。因为不能输在起跑线上，所以我们经常会看到这样的景观，大量年龄也只有三四岁的儿童，都背着书包去参加各种英语培训班。这种英语培训班学费高得令人咋舌，但是很多家长还是争先恐后，前赴后继，似乎不给孩子多学点东西，就立刻输掉了人生。这也导致大量的校外的培训机构破土而出，应运而生，什么舞蹈班，什么绘画班，什么形体班，甚至还有儿童思维逻辑班，等等，五花八门，令人目不暇接。我真的很担忧这种现象的蔓延。这次新冠病毒的蔓延，让我们懂得了一个道理，现在拼的不是学历，拼的也不是财力，拼的也不是权力，而拼的是免疫力。悠悠万事，唯此为大。一个人如果没有了健康，那还会有什么呢？一切都没有了。人的生命只有一次，所以在制定人生战略的过程中，要把增强免疫力作为首要的事来对待。

执　着

在我多年的生涯中，我接触过很多优秀的人，有知名的企业家，有知名的艺术家，也有知名的作家，我觉得他们有个共同特点，就是对从事的工作的执着。有的执着的精神，是一般人很难想象的。执着给这些人带来了各种不同的成就，也给他们带来了心灵的喜悦。这次上海国际电影节，我看了一部法国画家高更的传记片。高更是一个世界级的画家，现在他的画都可以卖出天价，但是他在世的时候，却是穷困潦倒。他为了可以画出最真实的、能打动心灵的画作，生活在一座荒岛上，不顾物质的贫困与精神的孤独，终年紧张工作，经过多年的努力，他成了与梵高、塞尚并列的后印象派三大巨匠之一。是什么支撑着他？那就是执着的精神。

在现实社会中，这样执着地醉心于自己工作的人太多了。我的一位老朋友，现在是一家世界 500 强企业的老总，已经将近 80 岁的高龄了，但是依旧每天早上

5 点钟起床，然后就到工厂上班，即使员工下班了，他还在那里工作。我到这家企业去了几十次了，我问他：“您这么大岁数了，你为何还这么拼命地工作？”他告诉我说，他已习惯了，工作已经成为了他的爱好，加班也成为了他的一种爱好。实际上这种爱好的背后就是执着的精神。执着是一种坚持，当你以一往无前的气魄，始终坚持干一件事的时候，你不成功也难。

膏　方

每年到了秋冬之际，上海有一个非常独特的景观，那就是膏方盛行，各个医院开膏方，各个商店卖膏方，这是因为现在的人都关注健康了。膏方有着其独特的魅力，它是由许多滋补性的药材配制而成的。有的人冬天怕冷，吃些膏方，便不再畏寒，有的人睡眠不佳，吃些膏方，睡眠质量会得到改善，所以我觉得有针对性地吃点膏方是有益于健康的。但是我这里特别要提醒的是，你选择什么样的渠道获得膏方是个非常讲究的问题。我们曾组织过一些企业家与上海雷允上合作，即企业家需要吃膏方的话，雷允上从各大医院请来知名专家开方。几年下来，企业家都非常满意，感觉效果不错。当然，他们对我也很在意，我有的时候忙，他们会事先帮我预约一个资深专家，约定固定的时间，单独和我沟通，我去的时候他们都一定要我把体检报告带去。专家是根据我的体检报告并望闻问切之后，有针对性地开方。有针对性的膏方才是最有效的，因为每个人的身体情况不一样，不同的问题要不同地分析，具体的人要具体地对症下药，不能千人一面，千篇一律。找专家开有针对性的膏方，才有益于你的健康，这也是膏方中的哲学。

交　流

人和人之间很重要的是交流，要善于与各种不同的人交流，特别是要和不同的陌生人交流。

我这么多年来，经常坐出租车。上车后，一般的人都不会和司机交流，但是我上车以后，都会主动和司机打招呼，然后就开始聊天，所以我对出租车行业非常了解，我甚至知道他们所有的甘苦，这就是交流的作用。比方说，大部分的司机经常发牢骚，但每一个时段都不一样，现在抱怨比较多的就是生意越来越难做，因为网约车抢了他们的生意。他们告诉我说，份子钱太高了。一个出租车司机在运行过程中，有两个指标是必须要完成的，第一个是油费，一般来说一天的油费要 300 块左右；第二个是份子钱，这是要交给公司的费用。出租车司机每天挣的钱中，去除份子钱和油费之后，剩下的钱才是他自己的钱，如果说一天挣 1000 元的话，属于他自己的大概只有 300 元。由于现在无序竞争，给他们带来了很大的压力，所以他们会发牢骚。但是有一次我碰到一位司机，他是我遇到的司机中心态最好的。我问他：“你快乐吗？”他说：“我很开心。”这让我感到很意外。我说：“我坐了十几年的出租车，大部分司机都是发牢骚说不开心的，你为什么很开心呢？”他说：“我为什么不开心呢？人开心是一天，不开心也是一天，我为什么要让自己不开心地过完这一天呢？第一，我没有指标的观念，如果今天运气好，我就多挣点，明天挣得少，我也不会不开心，我是个知足常乐者。另外开出租汽车，可以看到街上的各种景观，接触到社会上各种各样的人，所以我的阅历要比别人丰富，眼界也比别人高，这也使我很开心。”我觉得，这位司机说的话真是蛮有哲理的。一个人的心态很重要，同样做一份工作，有的人满腹牢骚，有的人却心情愉悦。满腹牢骚，并不能改变你的人生；心情愉悦，工作一定会越做越好。哪一种人会成功？当然是心态好的人。所以我们与不同的人交流，经常会有意外的收获。

十　性

我经常会到大学做一些讲座，记得我有一次对大学生说，如果你们想要在社会上找到一个好的工作，成为有才能的人，而且拥有比较高的收入的话，就必须做到"十性"。比如说韧性，现在有很多学生华而不实，脆而不坚，学习和实习都没有韧性，没有持久的毅力，这也是年轻人不容易成功的原因。韧性，是一个年轻人成功的基本素质。又比如说刚性，在事关大局的问题上面，应该坚持原则，不轻易妥协，要有底线。当然有刚性的同时也要有柔性，在社会纷繁复杂的变化中，要学会以柔克刚，通过水一样的柔性化解各种矛盾，用更智慧的眼光看待复杂的世界。还有思性，就是一定要不断地去思考，孟子曰："心之官则思。"只有通过不断的思考，才能够真正找到人生的意义。还有悟性，就是说要对一件事去感悟，去领会，要知道这个事情的内核是什么，这个很重要。有的人没有悟性，做事一根筋，这就不容易成功。还有乐性，要有一个快乐的心态，要成为真正意义上阳光心态、月光情怀的人。这个世界是明媚的，但也有黑暗，在你处在黑暗之中的时候你要想到经过黑暗，就会迎来一个灿烂的黎明。……“十性”是我对人生的感悟，将我自己的感悟与青年人交流，就是希望他们能少走一些弯路，早点到达理想的彼岸。

老当益壮

这么多年，我和许多企业家都成为了很好的朋友，其中有一位老者，我十分尊重他，他当年是一家国企上市公司的总经理。这家公司是个集团公司，非常之大，旗下还有几家上市公司。他在公司做总经理，可谓是个位高权重的人，但他始终想自己创业。要下这个决心是很难的，一个人要离开过去熟悉的岗位，而且这个岗位地位又高，薪资又高，往往会踌躇不决。然而他还是毅然决然地辞了职，自己开办了一个公司。这个公司在最初创办的时候非常艰难，缺少资金。过去他是千人敬仰的人，大家要求他办事，而现在则是他求别人了，人走茶凉，当然也没什么人理睬他。由于公司的生存困难，他最后只能把工厂搬到江苏泰州的乡下，他就在农村待了好几年。他主要从事服装进出口，在当时服装行业太多，竞争非常惨烈，他这几年干得是非常艰辛的。我们的相识是因为他欠了银行债务请求我们协会帮忙。我们通过各种渠道帮助他解决了融资问题，他的公司终于得到了很好的发展。我为什么要说这件事情？我觉得有一些老者，他们年事已高，就像这位老总，现在虽已经 70 多岁了，依旧在奋斗。他们把工作作为事业来做，他们的敬业精神，值得我们每一个人尊重。现在有不少年轻人无所事事，游手好闲，尤其是有些大学生，在大学毕业后，找不到心仪的工作，就理直气壮地啃老，反正有父母养他们。我觉得他们缺少一种奋斗的精神。他们应该从这些老者的奋斗经历中反观自己的弱点。一个人在这个社会中不努力，终究会被飞速发展的时代所淘汰。自行车只有在行走时才不会倒下，外界的压力越大就越要自强不息，如此才能无愧于这个时代，才能无愧于自己的一生。

狼真的来了

在中美贸易摩擦之际，我和多家进出口企业老总进行了深度的沟通，他们对可能会发生的情况是深感忧虑的。一家与美国世界500强企业合资的公司老总说，如果贸易摩擦再发展下去，美方对相关产品加征高额税收，他的企业很可能会到生死存亡的关头。实际上贸易摩擦对中国所有出口制造业，特别是外来加工企业，都会带来巨大的风险和挑战。在这种风浪面前，如果你不采取相应的应对措施，那就会死路一条。我觉得当前有一个应对的办法就是两手都要抓，两手都要硬，就是说很多外贸企业在面对国际市场的巨大风险时，一只手要抓产品的技术含量，当人无我有，或人有我优时，再怎样的高税收，人家还是会买的，另一只手抓国内市场，如果在国内市场上有了一定的份额，那么国际市场上出现的风险，就可以适度地规避。由此可见，我们要有一个全方位的立体战略思维，这样才能立于不败之地。上海派兆信息科技有限公司总经理姜洋，在新冠疫情出现以后逆行而上，推出新冠病毒抗体检测产品，率先拿到了欧美的证书，已经出口到意大利、西班牙、柬埔寨等国，开始参与全球抗疫。有危机感的人才能避免危机，没有危机感的人势必会陷入危机。当今世界不可预知，但是有一点是可以预知的，那就是你只要在危机中，与狼共舞，不惧风险，你就会有成功的人生。

生命至上

前不久我到位于郊区的一家会员企业去，这家企业是一个做国际贸易的万人大厂。公司老总就和我谈到了今年所面临的困局。新冠病毒的影响，给外贸带来了巨大的冲击，公司整个经营活动不太乐观，但是他坚持不裁员，不让员工下岗。一个万人的大厂要做到这一点特别不容易，他是千方百计动用了各种方法来化解当前的危机。他告诉我，如果这一大批的工人下岗了，失去了工作，那么，就会给他们带来比较严重的生计问题。作为一个企业来说，第一位的就是要以人为本，要关注每一个职工的生计。我是非常认同他这个理念的。这一次我们国家采取了坚决的、果断的、富有成效的措施来挽救大批新冠病毒患者的生命，谱写了一曲曲大爱无疆、救死扶伤的生命赞歌。无论是上至百岁老人，还是下至几岁的儿童，国家都不计成本地挽救每个人的生命，真正用行动来践行了人民至上、生命至上的宗旨。作为企业家来说，不让员工在这危难的时刻下岗失业，实际上也是在践行生命至上的理念。危难终究是会过去的，到了春暖花开的时候，他们一定会获得生命的回报。

希 望

历史证明，每当重大的历史关头，每当危机席卷而来的时候，就必将造就栋梁之材，他们往往具有牺牲精神，有勇于担当的能力。这次抗击新冠病毒的战斗中便造就了一大批人。他们在这人类生死存亡的关头，唱着国歌，举着鲜红的党旗，用生命去捍卫无数人的生命。特别值得欣喜的是一大批年轻人用他们的实际行动展示了青春的风采，让我们感到后继有人。我的侄子星星就是其中的一员，他大学毕业后就在一家公司工作，平时孝敬父母，热心帮助别人。在风平浪静的岁月里，他与其他的年轻人也没有什么两样，但是这次新冠病毒爆发，让我看到了一个不一样的青年。他的父亲患病多日，他竭尽全力地照顾，他的孩子还很小，需要他去教育。这个时候他完全可以根据封城后的要求待在家里，但是他是一个热血青年，在这关键的时候选择了挺身而出，一定要去做志愿者。他的父母和家人都非常担心，因为穿着防护服到医院做志愿者的行为是冒着巨大风险的。一个没有情怀、没有大义凛然气概的人会这样去做吗？会在这样关键的时候奋不顾身吗？他穿着防护服战斗在第一线已经几十天了，我们这些长辈虽然担心，但是更多的是被他的这种精神所感动！我们看到了希望，感到我们这个国家是有希望的，我们这个民族是有希望的，我们的青年一代是大有希望的。我们的父辈也是在年轻的时候参加了艰苦卓绝的抗日战争与解放战争，他们用鲜血和生命迎来了新中国的黎明。我们在迎接中华民族伟大复兴的历史关头，有星星这样的青年人，让我们看到了一曲新时代的青春之歌已经在唱响。在衷心希望星星凯旋的日子里，我填写了一首《卜算子》词表达了我的心情："后浪推前浪，青春敢弄潮。冰虽出水寒于水，疾风知劲草。　　历经万般苦，热血肝胆照！青出于蓝胜于蓝，星星是英豪！"

一息尚存

这么多年我和很多企业家交朋友，认识的企业家无数。有一天，一个茶叶公司的老总找我聊天。我问他做哪些茶叶的经销，他说他的茶叶有黄山的毛峰，杭州的西湖龙井，云南的普洱，武夷山的大红袍，福建的茉莉花，等等。经营茶叶几十年，生意规模很大，也挣了不少钱。我就问他："你做了这么多年的茶叶生意。我想请问一下茶叶的精髓是什么?"他愣了一下，说做茶叶就是为了挣钱呀！我笑了笑，告诉他无论是茶树还是茶叶都有着顽强的生命力。你看茶树，不论土质肥沃还是贫瘠，不论是荒山还是瓦砾，不论是风吹雨淋或是骄阳烈日，它都可以在各种复杂的生态环境当中倔强地生存，吸取天地之精华。从茶树上的嫩叶到我们口中的茶叶，它不知道还要经历多少的磨难。以西湖龙井明前茶为例，每年第一批新出的茶叶嫩芽，一般在清明之前采摘，采回的鲜叶一般要经过"抛、抖、带、挤、甩、挺、拓、扣、抓、压、磨”等繁多的工序。打一个不太恰当的比方，就比如在渣滓洞经受的极其严峻、极其残酷的考验。炒制结束后，茶叶会被封在一个小袋子里，把空气全部抽掉，茶叶就会窒息。但是当你打开袋子，茶叶依旧具有生命力，会透出沁人的清香。

每次泡茶的时候，我都很感慨，这是一种什么样的精神？在生命成长的过程中，要经过酷暑严寒的折磨，要经过高温的煎熬，却在生命的最后一刻还会透出清香。一息尚存是茶叶的精髓，也是激励我们奋进的信条。一个人要生存，要发展，要成功，就要真正理解茶叶的精神，这样你才会敢于面对任何的困难，不妥协，不放弃，在逆境中成就人生。

地铁里程最长的城市

我年轻的时候上海还没有地铁。上大学时，复旦大学离我家很远，唯一的交通工具就是一辆破旧的自行车，从家骑到复旦大学要一个多小时。无论是严寒酷暑，还是风雨雪雾，都是踩着自行车去学校，时间久了也就习以为常了。后来在海关大楼工作，有段时间被派到吴淞码头进行海关商检，在那里待了很长时间。那个地方很偏远，公交车也没有，我早上五点钟就起床，骑两个多小时才能到。年轻的我不知道什么是累，风里来雨里去，也慢慢习惯了。

我见证了上海发生的巨大变化。上海的一个最大的变化就是有了地铁。我家下面就有地铁站，现在出门非常便捷。下雨的时候甚至可以不带伞就可以直接从家下到地铁站。从 20 世纪 90 年代到现在，上海的地铁发展飞速，如今地铁通行已长达六百多公里，远远超过了伦敦和纽约，成为全世界地铁里程最长的城市。每一条地铁线路通车后，我都会从头至尾全部坐一遍。比如九号线，我会坐三十几站路到终点站松江。又比如十三号线启动以后，我会坐到它的终点站金运路。有一段时间，有些朋友从外地到上海游玩，我给他们做向导，带他们坐地铁到各个站点。坐在地铁上，我经常心生感慨，我在想这六百多公里长的地铁里程，这么深的地下隧道，是多少民工和技术人员夜以继日地在暗黑的地底下建造出来的。所以每当看到这些地铁工程，我由衷地感受到历史是人民创造的。

在任何时候，不管是顺境还是逆境，不论年轻还是年长，人都要怀有一颗感恩的心。比如我们坐地铁，我们就应感谢那些日夜在地下不辞辛苦的建造者，他们为我们的生活带来了便利。现在很多人的情绪都很不正常，对社会满腹牢骚，愤世嫉俗，但是扪心自问，你对这个社会做了些什么？当我们始终怀有一颗感恩的心的时候，我们才能给自己带来幸福与快乐。

骨头汤

几年以前，我们组织过一次大型的活动。我们组织了几百个企业家和一些五星级酒店的总经理，从上海乘坐邮轮到香港，在海上，举办一个跨国采购的论坛，然后到香港与香港企业家交流洽谈。这个活动，我们组织了几个月，因为很多企业家都特别忙，要有一周左右的时间来参加这个活动很不容易。有一家保险公司的老总，他原来准备参加这个活动，后因某些原因不能前来参加。他当时跟我说，能不能派其他业务员来参加，我说不行，因为这次来的都是清一色的企业家，若保险业务员不遗余力地推销他们的产品，会对这次活动的性质带来影响。那一天黄昏时分，邮轮停靠在上海北外滩码头上，我正坐在船舱里等着开船，这个时候，有人敲门进来，她说是保险公司的业务员小郑。当时我很生气，对她说："我不是说过了，不用你们来吗？"她说主要是公司给参加这次活动的人都买了一份海上保险，所以她必须跟随收集名单。经商者都知道，这样一份企业家的名单是很重要的。当时我对她说，你绝对不能在这次活动中推销你们的产品，她满口答应了。我们到了香港以后，她就帮助整个团队拎行李，做一些会务性的工作，忙前忙后，非常敬业。活动结束以后，她在机场对我说，她严格按照我对她的要求，没有做任何的推销。但是回来以后，情况就不一样了，我通过各种渠道得知，小郑回上海后走访了参加这次活动的所有企业家，有的企业，她还走访了多次，上门宣传公司的产品。对她那种敬业与执着的精神，我不由得开始敬佩。有一天，我到一家公司，这家公司的老总对我说："小郑刚刚来过，她已经来过很多次了。"这位老总还告诉我，她的先生是另外一家公司的老总，因为车祸住进医院，小郑得知这个消息以后，就每天凌晨五点钟起床，烧骨头汤送到医院去，整整送了四个月。当时，我听了很感动，也很有感触，这样的人不成功，还有谁会成功！现在有不少业务员，很浮躁，基本上都是短期效应，大多数是见了面，换了片，吃了饭，断了线，不会持之以恒地全心全意为客户服务。商战就是马拉松，要看谁笑到最后。你只有持之以恒，不断地为客户做优质的服务，才能获得你所想要的回报。

生命是最宝贵的

有一个女大学生，是学国际贸易专业的，在校的时候成绩很优秀，通过考试取得了海关的报关证。海关改革以后，改变了过去的报关方式，比如过去一个报关员只能为一家外贸企业报关，而新规实行以后，报关员可以为多家企业报关。每报关成功一笔业务，就可以拿到一笔佣金。如果你业务精通，能力出色，就会慢慢步入高收入群体。这个女生有了报关证，进了一家世界五百强企业。报关是一个很烦琐的流程，很多人排着长队，窗口工作人员服务态度也很差，因为每天都要处理大量报关业务，身心俱疲，往往很不耐烦。这个女生上班后，第一次去海关报关，不到一分钟就被拒，说填错了，回去重做。她很紧张，拿着报关单回到公司。老板非常生气，如果拖延了报关时间，将会影响货运、影响仓单、影响交货期，还可能会面临理赔和索赔，这对于一家著名的公司，损失将非常惨重。老板说：“你赶紧改一下，再去报关。如果还不行，你就要被辞退。”她立即重新做了中英文两份报关单，再次送去海关。海关人员用冰冷的眼神看着她说：“错，退单。”当天晚上，这个女孩就跳楼了。这件事发生后，我一直在思考：为什么这个女大学生会在如此花样年华就选择轻生，这到底是谁的责任？我觉得，这首先是学校没有心理辅导课，不知道当代大学生的心理都很脆弱，经不起风波、挫折，承受不了一点压力，碰到问题就会想不通。其次是学校使用的都是好几年前的外贸教材，教材中关于海关的知识已经全部过时。现在都是 EDI 无纸报关，报关企业已分几大类，进入自贸区还有二十三条新规定，所以在学校越用功的同学可能被退单的速度越快，因为他们学的都是错误的东西。当然，最主要的还是心理问题。培养年轻人的强大的心理素质，增强他们的抗压能力，是值得整个社会重视的问题。

过劳死

我有一个朋友周兄，为人厚道，口才极好，曾担任过市政府的新闻发言人。由于工作性质的原因，他从来没有休息时间，眼睛一睁忙到熄灯。他跟我说他从来没有过过星期六、星期天，只要有事，他必须第一时间赶到现场。记得有一次，他来我的办公室，我看他身心俱疲，满脸倦容，就跟他说："你一定要注意劳逸结合，过度劳累对身体不好。"他说："我也没办法，这个工作就是没完没了的，时间由不得自己。工作时间无休无止。"我又对他说了文武之道一张一弛的道理，他似乎也听进去了。几天后，他去参加一个重要的活动到很晚，回家路上身体出现严重不适。司机问他要不要去医院，他说不用，休息一下会好的。他家住在五楼，没有电梯，当他走到三楼，突然全身失去知觉，等到家属发现，在送医院的路上就已经停止了呼吸。医生说这是过劳引起的。类似的事情在我们身边经常发生，强大的工作压力导致很多优秀的人才英年早逝。还有一个朋友一个星期前来找我谈项目，我看他气色不太好，也劝他注意身体。一个星期后，他在家里猝死了。有时候听到这种消息，内心很悲凉，真切感觉到人生的无常。我觉得一个人健康地活着比什么都重要，什么都可以透支，但不能透支自己的生命和健康。当我们面临繁重的工作任务时，一定要张弛有度，劳逸结合，这也是对立统一。工作和休息就是对立统一，只有掌握了生活中的辩证法，才能避免悲剧的发生。

适者生存

我在大学学的是国际关系，20 世纪 90 年代初期，我被公派去美国工作。当时去美国很困难，我为这件事做了很多准备，除了学习英语外，还学了很多关于进出口的知识。虽然我还是比较了解美国的，在没去之前也很向往美国，但真正到了那边以后，我出现了严重的水土不服，对美国的政治、经济、文化、生态环境特别地不适应。经过很长一段时间痛苦的思考，我最终决定提早回国，这个决定在今天看来还是正确的。记得有一次我和朋友在芝加哥，因为走了很久的路，饥肠辘辘，很想吃一碗中国的面，特别是想吃以前在武汉生活时吃的热干面，但是那时候芝加哥等美国大城市的中餐馆寥寥无几，始终找不到吃一碗中国面条的地方。所以一个人到一个地方，首先要考虑你的观念、心态、特长，甚至是味觉是否适合这个地方。我决定回国的时候，很多人感到很意外，觉得我丧失了一个很好的机会。从哲学的角度来说，每个人的特点是不一样的，所以，你必须在一个适合你的地方发展。实践证明，很多人可能在国内的发展要更好一些，到了国外以后反而不顺。橘生淮南则为橘，生于淮北则为枳，这是由环境决定的。我在海南的时候发现很多其他地方没有的水果，我就想：这些水果为什么在这个地方能生长，而在其他地方就不行？其中也不就是同样的道理吗？所以每个人在对自己人生定位的时候要清醒地掂量自己的特点，反复斟酌，顺势而为，这样才能取得事半功倍之效。方向对了就不怕路远，沿着江河走最终就能找到生命的大海。

自古英雄出少年

张健君是我的好友，我们当年都曾到东北插队，她是个能干而智慧的人。她有个儿子叫黄一乐，这孩子是我们大家从小看着他慢慢长大的。后来一乐考进了医学院医护专业，毕业后在瑞金医院做护士。他秉承了他父亲和母亲那种坚强的性格，对工作兢兢业业，一丝不苟。医护工作是繁重而艰巨的，但历练了他的意志和胆魄。这么多年来，他得到了院内上下的一致赞誉，曾被评为“上海市十佳护士”。这次席卷全国的新冠疫情一开始，他就毅然决然地报名到武汉第一线。经过批准，他首批奔赴武汉。在武汉奋斗的日日夜夜，他和其他战友一起冒着生命危险，争分夺秒地抢救新冠肺炎的患者，展现了青年一代的风采。这次新冠疫情中，历练了一大批像黄一乐这样的年轻人，他们在生死关头经风雨，见世面，练就了感人肺腑的赤胆忠魂，践行了白衣天使救死扶伤、大爱无疆的精神。在我眼里，他只是一个孩子，现在像他们这一代的年轻人，一批又一批地成长起来，使我深切地感到我们这个国家、我们这个时代、我们这一代的年轻人是大有希望的。不经历风雨怎么能够见彩虹，这是实实在在的道理。当他凯旋回上海时，面对大家的赞扬，他却淡淡地说，这是作为一个医务工作者应该做的，谦虚的精神令人感动。看来年轻一代的成长必须要经过艰苦的奋斗，要经过风雨的洗礼，只有在严酷的复杂的环境中才能够造就出一代新人。下面的一首《霜天晓角》是我的有感而发："千霜万雪，受尽寒磨折。生生历经煎熬，硬碰硬，角吹彻。　　亮剑，胆气生，此心共明月。不管风吹浪打，坚毅行，思跨越。"

宁折不弯

周云良是我高中的同学，“文化大革命”中我到东北插队落户，他因为身体原因就留在上海，在里弄里修自行车。之后他从修自行车转到修汽车，并搞了一个汽车修理厂，成了一位企业家。他和我还合作搞过一些外贸项目。后来他的生意越做越大，参与了中国移动很多基站的建造工作，又参与过上汽集团荣威大楼的建造和上海虹桥机场航站楼的建造项目。他是一个在巨大压力面前不服输的汉子，在商海中有越挫越勇的精神。有一次他遇到严重的车祸，对面的卡车因为违规把他的车子撞翻，他受了重伤，一只眼睛都掉在了地上。当他鲜血淋淋地被送到医院的时候，医生说他有生命危险，但是老周硬生生地挺过来了。病刚刚好了一些，他马上就去上班了。他说他干活不是为了挣钱，而是自己最大的乐趣，所以一刻也不想待在家里。车祸以后，他的身体不断出现状况，不止一次住院。2019 年春节的时候，我打电话给他，他说他去了外地，实际上他怕我们这些老朋友去看他，那个时候他已经在医院里住了好几个月了。我真的很敬佩他对待病魔的那种抗争的精神。他是一个宁折不弯的人，是一个在病痛面前不妥协的人，也是一个对朋友非常仗义的人。他挣的钱常用来接济朋友和捐献希望工程。每年他都会给我送茶叶。说到茶，我记得在一篇文章里曾经讲过，茶是在大自然里历经风吹雨淋长成的，摘下来之后，它还要经过数十道工序的烘烤，历尽煎熬，最后人们把它放在袋子里，把空气抽掉让它窒息。但是你一旦打开这个茶叶袋，把茶叶放在开水中，它就会绽出一缕清香。什么叫茶叶的精神，那就是一息尚存。我们干任何事情都要有这种不屈不挠、一息尚存的精神。我觉得宁折不弯是人的一种气质，没有大浪淘沙就不成江河，没有春夏秋冬就不成季节，没有磨难就不会有真正的人生。

我为什么经常拒绝吃请

我做商会的工作很多年了，结交了太多的朋友。我经常开玩笑地说，一打开手机就头大，因为里面有无数人要约吃饭。因为我联系的人大部分都是企业家，企业家都有一个习惯，一谈生意就吃饭。最多的时候在同一天、同一个时段约我吃饭的人有好几个。对于宴请，我经常是拒绝的，我觉得面对一大桌菜，节奏又很慢，这种吃饭很累。我不是美食家，也不愿意把时间耗在酒桌上。拒绝的次数一多，很多人对我有意见了，觉得我很清高，请不动。所以江湖里有句话说，能请到我吃个饭，就说明与我有了很深的交情。记得我的老朋友老陈，一个在奉贤的汽车制造公司的老总，一直想请我去，前前后后跟我联系了很久，终于耐不住他的软磨硬泡，我便同意了。我说我不吃饭，主要是聊一聊有什么合作项目。那天中午，车子很快就要到他的公司了，我就让司机在附近找一个面馆先解决午饭。我知道一旦到了老陈的公司，他一定会安排午宴的，奉贤有很多酒徒，喝起酒来都是惊人的，老陈也是如此，经常一醉方休，因此整个酒席没有三四个小时是结束不了的。前几年我因为经常参加这样的活动，导致肠胃出了问题。所以吃请和身体健康是有很大关系的。吃出健康来，吃出感觉来，我觉得最好的方式就是一个人独饮，吃一点自己认为可口的小菜就可以了。在中国有饮食文化，这没有错，但是很多事情再向前迈出一步就会有问题，所谓真理再向前迈出一步就会变成谬误。满足于不停的吃请，既伤了胃，伤了肝，也会坏了事。我经常说，千好万好不如心情好，千好万好不如感觉好，千好万好不如身体好，要达到这“三好”，就必须均衡饮食，拒绝不必要的吃请。

拼命三郎

前段时间我的老朋友汪天云生病了。他是个很有才华的人，在中国的影视界很有地位，有许多著名的影视作品出自他的手，比如电视剧《亮剑》、电影《开天辟地》等，他都是策划人。他平时非常地拼，有时为了拍成一个片子，一天只睡几个小时，我们都叫他拼命三郎。但是由于长期过度的工作，积劳成疾，得病住进了医院。我去医院看望他的时候，他情绪很低沉，跟我说了很多心里话。他说，他对文学、对电影、对电视、对艺术都太热爱了，所以一旦有机会的时候就会拼尽全力。他觉得这些才是他的最爱，但也正是因为如此，付出的代价也很大。长期的精力透支，造成了身体的疾病。他说："多年工作我用力过猛，所以病了，假如我有一个健康的身体，假如我还年轻，假如能够给我更多的机会，我还是会很拼。"我告诉他，在生活中，对事业、对工作、对做各种各样的事满怀热情确实是非常重要的，但也要把握一个度，要科学地安排自己的生活与工作。有的时候要波澜壮阔，但是有的时候也要云淡风轻；有的时候必须是金戈铁马，有的时候也要采菊东篱。比方说可以抽点时间和最知己的朋友出去旅游，可以在双休日的时候关掉手机，彻底放下工作，放松自己。在天云身体健康的时候，我的这番劝告他未必听得进，但在此情此景之下，我想，他的内心一定会有所感悟。

朋友的质量

袁岳是知名的社会活动家、学者和企业家，他在上海电视台财经频道《头脑风暴》节目做过多年的主持人，我经常是他邀请的嘉宾，他的幽默和睿智常常使我难忘。他是个直抒胸臆的人，又很注重朋友的情分和友谊，所以我们之间的友情非常深厚。这次新冠病毒的肆虐，袁岳领导的零点集团做了大量的深入细致的调查研究。零点集团在我国的咨询行业中是负有盛名的，这主要得之于他们的调查研究相当严谨，不像现在很多人不调查、不研究，道听途说，就叽里呱啦地乱说一气。袁岳绝不是这样的，比如这次海外滞留的留学生，有相当一部分人的心态很复杂，有不少人想回国。那么他们的现状究竟怎么样了？袁岳就利用大数据和零点集团的调查优势，在短短的时间里，调查了 3 542 个海外的留学生，深入地了解他们的情况，然后得出了比较符合客观的结论和应对的方法。我觉得这就是我们理性处理和解决问题的方法。任何事情、任何运作都要经过认真的调查，理智的分析，严密的论证，智慧的思考。与袁岳交往，我经常受益，所以我经常说，一个人的生活质量，不是说你有多少钱，也不是说你的房子有多大，而是看你朋友的质量，你朋友的质量就是你的生活质量。

相识需要缘分，相知需要真诚，岁月需要激情，心灵需要呼吸，人生需要朋友。

女排精神

我只看两类电视节目：一类是新闻，一类是体育。而在体育当中，我基本上也只看两类：一类是足球，一类是女排。只要有空，每一场女排比赛我都会看。我觉得中国女排特别值得关注，因为中国女排具有一种特别的拼搏精神。最近世界女排开赛了，为了锻炼新人，郎平在澳门站和宁波站起用的都是新人，这造成了中国女排的三连败。第一场球输给了韩国，第二场球输给了波兰，第三场球输给了塞尔维亚。当时在看比赛的时候，我十分揪心，但我事后想想，觉得郎平的魄力还是很大的，在世界大赛上用新人，让她们承受失败的苦果，以便让她们尽快成熟起来。这是需要魄力的，很多人做不到。昨天和前天在香港的两场球，郎平派出了中国最强阵容，特别是昨天晚上和日本队的比赛。有一句话是这样说的：打日本队不需要动员，如果输给日本，那就是天大的问题。昨天中国队以摧枯拉朽之势 3:0 战胜日本队，看完之后我非常感慨，因为我知道中国女排队员付出了很多很多，她们在用生命去比赛，所以这种精神特别令人感动。比如中国女排前队长惠若琪，她曾被诊断出严重的心脏病，医生说她随时可能有生命危险。她先后两次动过心脏手术，但是为了奥运会，她还是上场了，这种精神实在是太了不起了，她的行为感动了无数的国人。中国女排的其他队员也全身都是伤，但她们仍然坚持在赛场上。有时候我想不通她们为什么要这样做。对她们所说的排球就是她们的生命，我特别感动，如果一个人以这样的情怀对待事业，那么他的事业一定灿烂辉煌，哪怕遇到多少挫折也没有关系，因为不经历风雨怎能见彩虹。我认为女排精神是国人，特别是年轻人都需要学习的。

放　下

蔡智平是首任浙江上海商会的会长，也是上海轻纺集团的董事长，我和他有长期的紧密的合作。我们曾共同构筑过一个对进出口企业服务的新平台，取得了很好的经济效益。老蔡这个人具有浙商的那种千山万水、千言万语、千方百计、千辛万苦的“四千”精神，干什么事情都敢为天下先，在这一点上我对他是很敬佩的。别的不说，就说现在位于上海的轻纺市场，当时他一下子投资了 6 个多亿。这一投资项目曾引起很多非议，但他还是力排众议，把轻纺市场搞起来了。经过了将近 20 年，轻纺市场的市值已达到了上百亿，由此可见老蔡在经商方面是值得称道的。然而有一天他却对我说他准备退出商界。我问他退出的原因，他说：“时代在不断地变化，我们这些老人已经跟不上这个时代的飞速发展了，无论是体力、精力还是智力都落后于这个社会和时代了，所以自己要识相，要让更有能力的年轻人去干事业。要拿得起，更要放得下。”老蔡说这话的时候，是经过了深思熟虑的。作为老朋友，我觉得他很不容易，当年克服了种种困难，成功地开创了一个集团公司。现在审时度势，能够选择放下，这是一种怎样的境界！有的时候放下更不容易，放下那些名和利，放下过去那些金戈铁马的生活，去过一种老百姓的平淡的日子，这真的需要极大的勇气。然而老蔡是做到了，他现在是每天强体健身，有的时候会会我们这些老朋友，把一切都看得云淡风轻。但是我觉得他有一点没有改变，那就是第一代的民营企业家的艰苦奋斗、不屈不挠，为国家的经济建设奉献自己的精神依然驻在心间。

危机和转机

我有一个朋友，刚认识她的时候，她还是大学生，那个时候上海组织了一场青春大使的评选，她脱颖而出，被评为青春大使。用现代人的话说，她的颜值、气质和才华都是百里挑一的。之后她到电视台做了主持人，再之后她辞职创建了自己的珠宝公司。她对珠宝首饰很有兴趣，还获得了高级鉴定师的资质，她的珠宝的公司在上海和全国各地也都有商业上的运作。在她做得风生水起的时候，我告知她，一个公司的运作是有发展周期的，有高潮就有低潮，有牛市就有熊市，所以对公司存在的问题和一些发展方向上的问题还是要引起足够的重视。但是她依然被眼前的业绩所迷惑，没能未雨绸缪，终于酿成了公司的危机。另有一家国际贸易型的公司，它是做一些综合业务的，但是在新冠疫情来到的时候，迅速转型，组建了一个生产口罩的新企业，从而使整个公司的经营活动就化危机为转机，赢得了新的发展势头。这两个例子告诉我们，在顺境的时候要能够居安思危，在逆境的时候要果断抓住转机。

生命的意义在于奋斗和创新

我和亚源制帽公司的老总毛震是多年的老朋友了。往事并不如烟，我记得 1989 年协会刚成立的时候，我有一个跑企业的习惯，有一天我就到了这家工厂。进去的时候看到这家厂只有几十个人，在生产一些外销的帽子。那个时候毛震只有 20 多岁，刚刚从交通大学毕业。我当时觉得他很可惜，一个从名牌大学毕业的优秀毕业生，会到一个工厂里来做一个不起眼的生产帽子的工作。他告诉我这个厂虽然很小，产品也很少，但是会努力让它做大的。一晃十几年过去了，一晃二十几年过去了，这家公司已经有了一万多个职工。每年帽子的出口量达到了世界第一。当然这么多年中他碰到的困难、艰辛与挫折是常人难以想象的。我们协会也曾帮助他的公司通过中信保解决过资金问题。他曾去过南极，在那个零下几十度的冰天雪地里，他看到了无比壮丽的景象，他对我说，人生不就应该这样豪迈吗？生命的意义在于不断地奋斗和创新。对此我很感慨，立马给他写了一首《满江红》词赠予他，词云：“飞瀑之下，有深潭。亮剑雄起，大气度。心系壮行，历经磨难，千辛万苦只等闲，卧心尝胆风云渡。南极行，冰天雪地，胆气酷。　　风雨行，人生路。走天下，当今殊。赞荡气回肠，腾飞之路。力拔山兮气盖世，金戈铁马赛如虎。挥手处，阅银装素裹，天际舒。”我觉得这才是我们这些人应有的人生。

工作是美丽的

管总是振华港机公司的创始人，他的经历特别不平凡。他是 59 岁下的海，刚开始创办公司的时候，他一无所有，条件是非常艰苦的，但他经过坚韧不拔的奋斗，终于把振华港机打造成一个世界性的品牌。我和他是多年的老朋友，他的精神和气质令我对他非常尊重。他是个工作狂，眼睛一睁忙到熄灯，在七十几岁高龄的时候，还爬到七八十米高的塔吊上。在他的领导下，他的公司至今已向 103 个国家和地区的 300 多个码头提供具有核心竞争力的港机装备，市场份额连续 22 年居世界第一。创立之初，振华港机就积极打造品牌核心竞争力，高度重视品牌的国际化建设和培育，截至目前，zPMc 品牌，已在全球 24 个国家和地区注册商标。不仅如此，在 zPMc 品牌的引领下，国内 160 多家配套件企业的外贸自主品牌也从无到有走出国门，推动中国品牌整体进步。我和管总经常会在一起聊天，他也会谈谈他的心路历程。他觉得一个人活着最重要的是要有事做，不管在什么年龄段工作着的就是美丽的，越是有压力就越是有动力，只有这样才能感到生命的价值和历史同步。现在有的人，特别是到了一定年龄的人退下来以后无所事事，心情忧郁，脾气烦躁，怨言颇多，这样下去，如何了得。退下之后，没工作可干并不可怕，可怕的是对生活毫无兴趣。实际上在生活中有许多有意义的事可以做，只有做一些有意义的事情，生命才能绽放出它独特的光辉。

激情挥洒的人生

我有一个老朋友，她叫李曙萍，是中国人民解放军中部战区总医院的资深专家。2020年春节前夕，我们都在海南岛神州半岛休假，一起畅叙过。几天以后武汉爆发新冠病毒，她一听到武汉的疫情，深夜就启程赶往武汉，参与这场抗击新冠病毒的战役，这让我无比钦佩，没有什么比为生命和健康而战斗的人更值得尊敬。她是个性格非常豪放的人，见面总是谈笑风生。我就问她："你每天和那么多的病人打交道，见到的很多都是疑难杂症病人，为什么总是这么快乐？"她告诉我，作为一个医生，每治愈好一个病人，心里都是特别高兴，这是职责，也是医生的使命。她是有着很多爱好的人，喜欢看电影，喜欢听音乐，她还和医院里的其他专家组成合唱队。每天她都会去跳广场舞，雷打不动，每次都是大汗淋漓，她感到特别的爽。我觉得一个人就要有好的兴趣，并全副身心地投入，这样就会找到生活的快乐，就会有激情燃烧的人生。

爱心永恒

中国福利会儿童艺术学校陈校长，是一个几十年都在培养儿童的世界中默默耕耘的人。我跟她有些交往，她是一个睿智温和而充满爱心的人。当她看到那些儿童参加儿童艺术学校学习的时候，她的眼神里会透出浓浓的爱意，闪烁着慈爱的光芒。很多家长都希望自己的孩子能进儿童艺术学校，排队报名的时候队伍真的是神龙见首不见尾。陈校长总是希望为这些孩子多做些什么。上个星期我很荣幸，陈校长给了我一张票子，让我来到久负盛名的马兰花艺术剧场观看到了孩子们的演出。看完后我内心非常激动，感慨不已，回家后就给陈校长写了一封信，现在我就把这封信附在这篇短文之后。

尊敬的陈校长：

今天晚上我有幸到久负盛名的马兰花剧场看了孩子们的演出，也听到了您深情的讲话，我被深深地打动。这是一场激动人心的演出，也是一场非凡的演出，因为现在正处于新冠疫情的特定历史时刻。从这些孩子的演出中，我看到的是您和您领导的团队付出的无数心血和智慧。你们是用一颗热爱儿童事业的真诚的心给我们奉献着这一场令人难忘的演出。在当今这个多元的社会当中，用至真至诚的心去从事一项不平凡的事业，这是艰辛的，但也是幸福的。我们都有过童年，当那些熟悉的旋律响起的时候，我情不自禁地泪流满面。我相信许多孩子的家长都会有我这种心情和情怀，我们也从这些孩子们天籁般的笑声中看到了中国和世界的未来。再一次表达我深深的敬意和深深的谢意。石在，火种是不灭的！我坚信儿童艺术学校在您的领导下会越办越好。请您转告贵校的老师们，感恩之心，无以言表！我更坚信儿童教育事业一定会有更光辉的未来。

为了不会忘却的朋友

我记得那是在1989年，我有一批非常好的朋友要到国外去求学。面对他们的离去，我内心有很多的不舍，于是我们在黄浦江上的一艘游艇上组织了一次别开生面的活动，当时我写了一首诗叫《为了不会忘却的朋友》。一个人在他的生命历程中，一定会有一些真正的朋友，他们互相帮助，互相鼓励，共同成长，共同寻找到人生的真谛。我的人生中就是因为有了这样的一批朋友，让我的人生也越发地精彩起来。现在我将《为了不会忘却的朋友》这首诗附录于此，也是为了永远不忘朋友之情。

朋友，
轻轻地说声再见，
风也好，雨也好，
就让我自己走，
我不会低下头。

感谢你曾动情地为我拍过手，
多少年的泪水就让它尽情地流。
这支歌不知能否，
掩饰心灵的颤抖。
这片情留给你，
愿你默默地接受。
原谅我记不清所有顺风的时候，
只梦想疲惫时还能逆水行舟。
告诉我，
你不再悄悄地为我担忧。
告诉我，
你理解我苦苦的寻求。
只要你的目光给我一点温柔，
这流浪的心就感觉到天长地久。
朋友，
不管你去澳洲，还是去美洲，
不管你今后一文不名，
还是功成名就，
不管你依然风姿绰约还是青丝如雪，
不管我们今后是相会还是分手，
有一点请你坚信：

有一颗忠诚的心，

将伴随你到天涯海角，

在你最孤独、最艰辛的时候，

他的心脏在为你跳动，

他的血液在为你奔流。

那气势恢宏的天宇啊，

渗透着多少的友情。

那蔚蓝色的大海啊，

翻腾着多么动人心魄的纯情，

如长流水啊，

点点滴滴在心头。

亲爱的朋友，

你悄悄地走。

你带着我晶莹的泪水，

带着我的情，

带着我的心，

我慷慨地把我的一切都给你带走。

当晨曦初露的时候，

我想起我们的一次次亲切的交谈；

在灯火阑珊的时候，

酒逢知己又使我们一醉方休。

当大浪淘沙的时候，

又使我想起烟雨苍茫的船头；

在金碧辉煌的宴会厅，

你那富有穿透力的笑声是那样令人难以忘怀。

在血色黄昏，

晚风吹拂，

我们共同设计大战略的时候，

我会想起我们这一代人，

为中国跨国公司的奋斗。

当月光如水，

树影斑驳清辉满地的时候，

她使我想起我们欢度过的一个个情迷醉人的中秋。

啊，亲爱的朋友，

这神圣而又崇高的呼唤，

引发出心灵深处多少珍贵的难忘的回忆，

又憧憬出多少雄浑深邃的未来。

朋友，

让我们在东半球、西半球，

让我们在长江三角洲、澳洲、加洲，

为了世界的未来，

为了我们高山流水般的深情，
我要默默地呼喊：
我们是真正的朋友。
这地球，
这天宇，
这银河，
这宇宙，
这漫长而短暂的人生啊，
几十年的风风雨雨悟出一个做人的真谛：
世界上什么最珍贵？
不是美元，
不是美人，
不是美味，
是朋友，
肝胆相照的朋友。
几多情，几多泪，
几多风雨，几多春秋，
人活着为什么？
这个严肃的命题，
只有一个回答：
抱成团，

以改变世界的气魄，

对事业进行一往情深地一生追求。

愿你扬起奋斗的风帆，

从黄土地驰向蔚蓝色；

愿你伸出指点五大洋的手，

从灿烂的大海中托出一轮金黄的圆月；

愿你抬起智慧的头，

纳天下百川之水，

容世界八邦之士，

站在东西方两个巨人的肩膀上，

永远展望未来，

永不回首。

但是，漫漫的人类几千年的历史告诉我们，

蔚蓝色的洋面上总是蕴育着大的风暴。

波音引擎巨大的轰鸣，

伴随的是闪电和雷鸣。

这个星球上几十亿的芸芸众生啊，

唯有黄种人的角逐最为艰辛，

巨大的不幸和无与伦比的曲折，

总是像情人一样地伴随着我们。

茫茫的大海啊，

命运之舟向何处漂流?

朋友，
不要忘记，
鲜花中有陷阱，
高处有寒流。
跟着感觉走，
只能抓住梦的手。
跟着事业走，
光明在前头。
不要沉沦，
不要孤独，
不要随波逐流。
要自强，
要坚韧，
要奋斗，
为了我们的强国之梦，
为了我们的跨国之路。
我祝愿你——朋友，
希望在一个不太长的时期，
在你们之中，
会出现叱咤风云的海外跨国公司的巨头。

归去来兮，

你们中也会有中国企业家的群星聚首。

在这里，

我想说，

为了你，

为了爱，

为了不能忘却的朋友，

为了不会忘却的朋友，

让我们紧紧地携起手，

迎着那金色的太阳，

沐浴着梦幻般皎洁的月色，

从东方到西方，

深情地深情地拥抱这个小小的地球。

再见了我的朋友！

再见了我的朋友！

一九八九年十一月二十三日于黄浦江“上海号”游艇上送别时

光盘行动

那是好几年前，有一天我来到位于上海郊区的一家专门做办公家具的知名的超大型企业。这是一家台商投资的公司，中午公司老总请我们在食堂吃自助餐。自助餐的菜非常丰盛，我记得当时公司老总对我们说："我们公司吃自助餐有个严格的规定，就是你吃多少，你就拿多少，不能有任何的浪费。如果你盛一碗米饭，你必须全部吃完；你拿几个菜，那几个菜也必须吃得干干净净。吃完以后有专人检查，如果说你不是真正的光盘，就会受到处罚。"听了这一番话，我们去的这些人就特别小心，生怕自己多拿了饭菜。这件事也给我留下了极其深刻的印象。最近我们国家正在提倡节约，杜绝一切浪费，我认为是一个非常好的举措。因为这些年我们中国人生活好了，大吃大喝形成了一种常态，故而大量的人出现了糖尿病、高血压、冠心病、脂肪肝等疾病。所以要保证一个健康的身体，一定要做到膳食科学，营养均衡。光盘行动我觉得不仅仅是杜绝浪费，更是可以确保我们的身体健康。如何做到真正的光盘行动，我觉得这家企业的这个规定给了我们很多启发，只有通过这种比较科学的硬性的规定，才能够杜绝餐饮浪费这种现象。我经常讲，金钱不是万能的，没有金钱是万万不能的；朋友不是万能的，没有朋友是万万不能的；而只有健康是万能的，没有健康是万万不能的。在这里我要说，为了你生命的健康，请你杜绝任何浪费和暴饮暴食的陋习，只有这样才能使自己的生命之树长青。

谦虚的美德

记得多年前，我有机会接触到著名表演艺术家孙道临、王文娟夫妇。孙道临是中国著名演员，主演过很多经典电影，他在我们这些人眼中都是偶像级的人物。王文娟则是著名的越剧表演艺术家，当年演的祝英台给无数的观众留下了深刻的印象。可以说我是伴随着他们的影视作品长大的，内心深处怀着对他们的深深敬佩。当时孙道临想要拍一部电影，这个电影就是他夫人王文娟演的越剧《杜十娘》。他找了我们一些朋友和一些企业家商量筹拍电影的事，我们还一起组织了一次新闻发布会，在会上孙道临介绍了这部电影的主题。他不像有的名人那样自我感觉很好，颐指气使的，而是轻声慢语，娓娓道来，虚心地征求各个方面的意见。时隔多年，我仍然对他的谦虚的精神感到敬佩。我对一些朋友说，现在有很多人就像螃蟹一样，红了就死了，而那些老艺术家就像田里的稻子那样，熟了就低头，虚怀若谷，这不正是我们人生的榜样吗！

浓缩的人生

老友刘庆云，协会的元老级人物，参与了协会创建，也是协会章程的起草人。

我们曾一起策划出画册、拍电视片《腾飞之路》，后来他赶上留学潮，赴日留学。

他父亲是红军时期入党的老革命，市级领导，对他的留日坚决反对，但是他义无反顾地走了。

几年后，我带企业家访日，他请我在东京新宿一家居酒屋吃饭，我问他："到日本最大收获是什么？"

他回答："自由。"

他说的自由，不是想做什么就去做什么，而是不想做的可以不做，然后再去做自己想做、喜欢做也能够做的事。

我理解他说的话，因为他是媒体人。

他在日本留学与工作的20多年间，曾打过各种各样的工：印刷厂、面包房、饭店、建筑工地……后来才进入日本媒体，最后选择创立自己的公司，与日本电视台合作，拍摄中国题材的纪录片。

他拍摄的纪录片，大都是大型系列，周期长，跨度大，走南闯北，天涯海角。

他曾在香格里拉一年拍雪山和藏民；

他曾拍铁路大纪行一年，行程 4.1 万公里；

他曾单绳降到地下 600 米拍天坑，探寻人迹罕至的洞穴世界；

他曾跟拍老麦客，从策划到完成历时 7 年。

后来他投入口述历史，从中华人民共和国成立初期到改革开放，系统地捋了一遍，采访各个历史时期关键人物数百人，保留下了许多珍贵的历史资料。

他拍摄制作的纪录片参加国际纪录片评奖，获奖无数，从美国的艾美奖到法国、意大利、德国、日本的各种奖项拿到手软。

但是这些成果的背后，他也付出了健康的代价，后来甚至每做完一部大片，就要住一次医院。

我曾劝他，60 多岁了，身体优先，但他仍然是一有了新题材，立马奔赴一线。最近又去武汉拍了一部志愿者的片子，冒着酷暑行走在大街小巷，向人们展示了疫后武汉的真实情景。

工作优先，还是家庭优先？工作优先，还是身体优先，健康优先？这是每个创业者都回避不了，甚至是无解的难题。

刘庆云对自己的事业乐在其中，因为他所经历的，可能别人好几辈子都经历不到。

所以他乐此不疲，虽然没赚多少钱，但他赚到了好多丰富多彩的人生感悟。

网络生活

我们这个年龄的人都会碰到一个巨大的问题，就是面对日新月异的变化，怎么样去适应现在的网络生活。在这个方面我碰到了太多的问题和困惑。我过去是不会去网上购物的，比方说我欢喜看各种杂志，就每个星期到书报亭去买一些，像《当代》《十月》《收获》《花城》《清明》《中篇小说选刊》，等等，这也成了我生活中的一个乐趣。但是一夜之间，上海所有的书报亭都消失了，那么这些杂志到哪里去买呢？我可以告诉大家，这些杂志你在书店里是根本买不到的。有什么途径啊？现在只能是网购，但我又不会网上购物。我记得刚开始尝试从网上购买书刊，出过不少洋相，也浪费了不少时间，好在现在已经比较熟练了。平时出差订酒店、订车票，过去也都是有人帮忙办的，这次疫情给我来了个措手不及。我从海南岛回上海时，要有海南岛的健康码、上海的随申码，否则的话你就不能够进出机场。由于我不熟悉操作，在机场滞留了很长的时间，当时我真的感到很无助。这个时候我才体会到熟练使用网络对我们这些人来说是何等的重要。现在的日常生活中，比如吃个饭、购个物、出个行、看个演出、办个银行业务等都需要在网上进行，所以我们不得不去学会网络操作，去熟悉网络操作。这也要求我们每天都要学一点新的东西。有一天有个人采访我，他问我："您对将来的生活如何打算？"我说："一个人如果每天把三分之一的时间放在健身上，把三分之一的时间放在学习上，把三分之一的时间放在工作上，这才是一个最好的安排。"我所说的三分之一的时间学习，主要就是指学习新东西，以适应当前科技的高速发展。当我们能够熟练地操作各种网上软件，我们才能真正获得自由无碍的生活，才不会被这个时代所淘汰。

话　聊

最近德高望重的钟南山院士在百忙中来上海参加一个论坛，他在发言中特别提到新冠病毒在全球爆发所带来的影响。他说，尽管中国目前在防疫方面做得很出色，但是要特别注意有许多人心理的健康问题。因为新冠病毒在全球的蔓延，给人们的心灵带大带来了重大的创伤。如果不关注精神上的新冠病毒，那将有一个严峻的后果。我多年与企业和企业家打交道，深知在当今的严峻复杂的形势下，他们所承受的巨大的压力，诸如订单减少或被取消，资金流动不畅或短缺，员工人心不稳，进出口的环节受阻，等等。这种压力和危机是十分严峻的，个别企业家在焦虑中患了抑郁症。那么如何干预这些人的负面心理，让他们能从压力中摆脱出来，看到生命的光亮，迎接黎明的到来？我觉得除了让专业人士进行科学心理治疗外，还有一个重要的方法，就是朋友之间进行交流，通过谈心交流，打开心扉。人本来就是匆匆过客，又何必心有千千结？看透了，想通了，就会从精神的低谷中重新爬起来，重新燃起对生活的希望和去达成未尽的目标。我们主张在好朋友之间可以进行这种开诚布公的话聊。当然话聊的过程中特别要注意的是，要找一些肝胆相照的、有正能量的朋友，千万不要和那些有严重负面心理的人聊在一起。这样通过谈心，通过智慧的对话和心灵的沟通，一定会打开紧锁的心结。

文学的定位

社会的发展有一个规律，那就是经过了一场经济的振兴后，势必会带来文学艺术的繁荣。欧洲就是一个佐证。欧洲在经历了人类伟大的工业革命后催生出了贝多芬、莫扎特、施特劳斯、梵高、左拉等世界级的人物，也出现了像小说《巴黎圣母院》、芭蕾舞《天鹅湖》等历久不衰的经典。中国经过了伟大的改革开放，经济迅速地发展起来，国力也有极大的增强，现在已成了一个世界性的大国。那么中国的经济成就是不是应该催生出中国的文学艺术的繁荣呢？我觉得这是必然的。但是现在还有很多问题，就是中国的文学艺术远远跟不上飞速发展的社会和经济的变化，出现了滞后的情况。我是一个文学的爱好者，看过很多当代的文艺作品，有些作品是很好的，但糟粕也很多。我们的确还缺少那种史诗般的作品的问世，这是当代艺术家、作家需要解决的问题。我们现在正处在一个“大江东去，浪淘尽，千古风流人物”的时代，我们就是要在“乱石穿空”中奋勇搏击，就是要在“惊涛拍岸”中书写历史，就是要在“卷起千堆雪”的历史征程中来谱写中国文化艺术复兴的史诗。这应该是对当代文学的新定位，也是新的使命。我坚信假以时日，会有更多的反映时代特色的史诗般的作品问世。

志向与心态

我的父母一生饱经磨难，因为有了他们的基因，我从小就有一点志向。记得 1966 年的时候，我和一些中学生步行串联，从河北保定一路走到山西太原，一共走了两个多月。那个时候步行是极其艰苦的，风沙扑面，饥一顿饱一顿地走着走着，脚上打满了血泡，但是那个时候年轻，觉得这种历练是必要的。后来上了大学，也希望能真正学习一些有用的东西，为社会做一点事情。这些年来我也确实是做了一点事，但可以说其过程都是饱经坎坷，饱受磨难。我曾用十二个字总结这些年的经历，那就是：愿景辉煌，创业艰辛，乐在苦中。我也常常因为许多美好的愿望没实现，而感到遗憾。我们这些人有时会犯一种毛病，即志向过大，目标过远，眼界过高，因而往往会因达不到所求而影响自己的心态，我觉得这是特别要注意的。经过了这么多年岁月的历练，要把目标定得切实可行，干什么事情都要顺势而为，这样才会经常有一个好的心态。其实一个人的心态最重要，特别是在当下，在面对新冠病毒造成的经济低迷的情况时，需乱云飞渡仍从容。当我们的心态是好的，当我们的目标是切实可行的，还会有什么办不成的事呢！

个体与群体

马克思曾说过，人是社会关系的总和。这句话深刻而经典地阐述了人的定义。一个人，如果脱离了群体，把自己封闭起来，那是很可悲的。我这人生性爱好结交朋友，所以几十年都是生活在朋友中，内心相当充实，生命亦有色彩。我在协会工作，这个协会在很大的意义上就是为新老朋友提供一个平台。我们几乎每周都举办一次活动，这么多年来，也记不清搞了多少次活动。我这个人没有多少钱，但交朋友舍得花钱，很多钱都用在与朋友的交往之中。我认为朋友就是财富。经常有人说我，而我却乐此不疲。我有一个观点，那就是一个人的生活质量不在于他有多少钱，也不在于他的房子有多大，而在于他的朋友的质量，朋友的质量在某种意义上来说就是他的生活质量。我的不少朋友，都是多年知己，我们共同经历了风云变幻。人生贵相知，相知贵知心，在这些知心朋友身上，我也实实在在地学到了很多东西。如果说朋友是大海，那我就是一滴水，这滴水如果离开朋友这个大海就会干枯，就会失去生命的光彩。实际上，一个人不管在生命的哪个阶段，无论是中年或是老年，都应该把自己融入社会当中，融入朋友当中，融入激情当中，融入亲情当中，这样的生活才是真正的有质量的生活，才是没有大的遗憾的幸福生活。

兴趣与生活

我这个人生来就是有很多兴趣。记得小时候我就喜欢看书，那时一放学就跑到书摊，花一分钱租一本连环画，《三国演义》《水浒传》《杨家将》等，在我脑子里深深地扎了根。这个看书的习惯也一直没有改变，我现在还会经常在双休日去书店去买一堆书回来。每天晚上睡觉前看一本书，觉得真是一种享受。前些年又欢喜上了买碟片，那些中外的经典影片给我留下了难以忘怀的印象。我对运动也有兴趣，如打网球、游泳，偶尔也会打一下高尔夫球。乒乓球的水平也可以，曾和乒乓球世界冠军郑敏之在上海展览中心为企业家打过一次乒乓球表演赛。大家一定不会想到，我还学了国际标准舞两年。当然更多的兴趣是在工作上，有创意的工作是我一生中最大的兴趣。我觉得一个人要是没有了兴趣，他就是个无趣的人。实际上兴趣和生活也是辩证的关系，只有兴趣之舟不断驶向生活的大海，那生活才有味道。每个人的兴趣，在不同的年纪会有变化，到了我们这个年龄，我觉得应该开发更多的兴趣，以完善人生，享受人生。当我们开发出一种新的兴趣而为此乐此不疲，那我们就会重新领略激情燃烧的岁月。

过度与适度

度的掌握，实际上是显示一个人对世界的把握能力。水能够化为蒸气，又能够变成冰，这其中就是有一个“度”在起作用。这也是我们经常说的“从量变到质变”。我是经常运动的，很多年来坚持每天步行一万步。有一次我脚感染了丹毒，医生说是在大雨中行走，脏水进入了皮肤所致。这就是运动过度导致的结果。在工作中这样的情况更多，眼下经济形势极其严峻，各种工作各种项目的推进难度大大增加，使得我们担负着巨大的压力。我的一些创业的朋友都是每天从早上忙到晚上，甚至双休日都要工作到深夜。弦绷得太紧，或产生了焦虑，或出现了这样那样的病症。这实际上走向了愿望的反面，更不利于工作目标的推进。这就是一个度的把握问题。这里面还有个深层次的问题，就是过度相信自己，不太相信别人的能力。一个机构的决策者不必事必躬亲，而是要充分发挥职工的工作能力，调动他们工作的积极性，相信他们工作的创造性。一个人的能力再强，一个人再拼命工作，总会有疲惫的时候。一旦过了度，自然就会导致各种问题出现。把好了“度”，工作、身体、心态就会处在一个良性循环的状态，无论是对自己来说，还是对企业来说，都有了一个可持续发展的基础。

富人俱乐部里的狼

我有一个多年的好朋友老肖，他以前在一家很大的国有企业做总经理。

有一天，他的一个朋友给他介绍了一个很有背景的美国公司，这个公司的总经理是个美籍华人。他们第一次吃饭，是在北京钓鱼台国宾馆。当时，这个美籍华人还请了一个政府部门的负责人一起参加。因为都是做进出口业务的，这家公司就给了老肖一些订单。虽然这些单子比较小，但经过一年多，老肖这家公司也挣了一些钱，所以老肖也与这家美国公司的总经理成了好朋友。

有一天，这个美国公司的老总说，有一笔大生意，但需要马上付款。因为当时老肖很相信他，尽管金额很大，也没犹豫，就把钱打了过去。但这笔巨款汇到这家公司后，这个美籍华人就失踪了，公司也不在了。老肖这个时候才明白，他碰到一个高明的骗子。于是老肖辞了职，下定决心，要找到了这个骗子，不管这个骗子在天涯海角，一定要找到他。他去了中东，去了南美，去了俄罗斯，最后是在美国的一个城市找到了这个骗子。这个过程非常艰辛，整整花了两年的时间。

有一天，我们几个老朋友在上海东平路的一个餐馆吃饭，老肖就讲起了他的滑铁卢，他当时很痛苦。我就提了一个建议说：“我们做外贸很多年了，看到有很多中国的企业家被骗的经历，所以如何识别商场上的骗子是非常重要的。你可以写一本书，通过这些案例来警示他人，让大家知道国际骗子的各种骗术，来确保外贸的安全。”于是老肖找一个年轻人，给他讲了三天三夜的故事，一个月以后这个年轻人就把他的录音进行整理，写成了初稿，书名最后定名为《富人俱乐部里的狼》。这本书由文汇出版社出版以后，引起了很大的反响，许多企业家都买了这本书。因为他们中有很多人也经常碰到类似的事情，这本书能帮助他们在外贸经营中识别各种骗子与骗术，保证公司的资金安全。后来老肖到了一家更大的公司做总经理。

这个故事告诉我们，每个人要学一点哲学，在哲学这个范畴中有一个现象和本质对立统一的问题。我们要通过对现象的精准分析，看清哪一个是假相、哪一个是真相。在错综复杂的国际商战中，只有找到真相，发现本质，才能够规避风险。当然，更重要的是，在任何挫折面前，要坚定信心，不轻言放弃。当一个人沉沦于失败的痛苦之中不能自拔，那才是真正的失败。

滴水穿石

我有一个老友小林，以前在广东汕头做销售，有一年他揣了两万块钱来到上海，租了一个又小又破的房子，希望能够在上海落脚发展。稳定住所后，他就经常在上海的大街小巷游荡，尝试寻找发展机会，但一直没有找到。有一天，他经过上海展览中心，恰逢我们在里面组织企业家联谊活动，他就悄悄地走了进去。进去后，他观察了一会，发现这里数百人竟然都是企业家。他立刻就觉得这是一个重要的商机，于是马上找到当时在现场的工作人员，说想申请加入我们的俱乐部。软磨硬泡后他终于同我们办好了手续。当时我们每个星期都在展览中心举办一次活动，活动内容除了一般的企业介绍以外，还有一些舞会等，每次活动都有来自各行各业的一百多个企业家参加。小林第二个星期就来参加了活动，每次他都会和来参会的人交换名片，还随身携带了一个小本子，如果遇到对方没带名片的，就在小本子上记下他们的联系方式，绝对不会漏掉任何一个人。我记得他自己的名片头衔是总经理，但实际上整个公司只有他一个人。活动结束，已经很晚了，又因为住在郊区，到家已到深夜，但是进门之后他立马就去整理这些名片，反复地看、仔细地分析每一张名片，并归纳出一些他认为可以取得联系的企业家。到了第二天他就开始打电话联系这些企业，希望可以上门谈些合作。一周一次的活动，每次上百个企业家，他从未落下过任何一次活动，就这样持续了整整十二年，收集到了无数的名片。我们还经常会组织到外地企业参观考察的活动，每次活动他也主动要求参加，而且是最早到最晚走。

五年后，小林慢慢地积累了一些资本，成立了一家自己的实体公司，还在北外滩开了一家饭馆。有一天他来找我说想在这一年内每个星期请我们的企业家去他那里吃饭，他来买单。我问他有没有什么要求，他说有两点，一是希望来吃饭的人是企业家；二是希望每次来的企业家不要重复，我答应了他的要求。那个时候他已在上海成家，娶了一个很漂亮的上海太太。每个星期五晚上，他和他的太太都恭恭敬敬地等在门口，然后安排我们十几个企业家吃饭、交流信息。这个活动后来坚持了很多年。

十二年之后，他突然失踪了，电话打不通，我们有关人员跟他联系也联系不上。我当时很奇怪，这个原本不管刮风下雨、不管酷暑寒冬，哪怕是发高烧也坚持组织活动的人，就这样突然消失了，没有一点消息。我甚至想到他是不是出了问题。后来，我也慢慢地淡忘了他。两年后的一个下午，突然一个陌生的手机号码打来，说邀请我晚上见面，他说了他的名字，我竟一时想不出这个人到底是谁。晚上我应约来到酒店，再一次见到了小林。他很诚恳地跟我说，在上海最应该感谢的人就是我，是我给了他机会参加无数的活动，结交无数的企业家。但是他说他以后再也不会来参加这些活动了。我问什么原因，他说他太忙没有时间了。我又问他公司发展得怎样，他说："我现在个人资产已经有十几个亿了，这一切都归功于协会这个平台。"他说这十二年来，每天晚上都是深夜才睡觉，一直在了解各种企业的信息，然后和大量的人沟通。从怀揣两万块钱绝望地到上海，发展到现在，是协会这个平台帮助了他。他说："我深深地体会到您说的朋友就是生产力，关系就是生产力，商圈就是生产力，合作就是生产力的道理。"他还告诉我以后遇到什么事情，协会有什么困难尽管提，他一定尽最大的力帮助我。

近几年我们偶尔会通电话，偶尔还会一起喝喝茶聊聊天。2019 年，上海数家星级酒店组建了一个总经理微信群，而我是唯一被他们邀请进群跟他们合作的人。在一次微信群的线下活动中，我再次意外地碰到了小林。我好奇地问他为什么会在这个圈子，他说在迪士尼附近投资了一家酒店，希望我们去参观指导。我注意到他头发白了，脸上有了皱纹，这张写满沧桑的脸，也记录下了这个男人为什么可以成功的故事，这就是滴水穿石的力量。

这是一个真实的故事，它可以给很多人启示，尽管你现在很窘迫，但是经过努力奋斗是可以改变命运的，只要你用积极的态度去面对。现在的很多年轻人很浮躁、很彷徨，我想通过这个故事，告诉这些年轻人，你们也应该像小林一样，抓住任何机会坚持一年、十年、几十年，那你一定会成功。

平衡的艺术

我们在上中学的时候经常会讲这样一句话："学会数理化，走遍天下都不怕。"用现代的话来解释就是，数学要学会算账，物理要学会平衡，化学要学会融合，这三样本事都学会的话，就可以找到很多问题的症结，可以解决很多问题。所谓平衡，是一个非常高超的技巧，体操运动里有一个项目就是平衡木，要求运动员在平衡木上完成高难度的动作。平衡也是我们所有人在生活中必须要注意的问题。比如累了就要休息，如果你累了不注重休息，这就破坏了平衡的艺术。在这个方面，钟南山是我们所有人学习的楷模。他年届耄耋，在抗击新冠病毒的斗争中，他作出了极大的贡献。他太忙了，但是由于他平时多年坚持健身锻炼，注意膳食平衡，所有身体很好，健步如飞。他是平衡艺术的大师，也是我们人生的楷模。他也告知了我们健康长寿的奥秘，只有注重平衡的艺术，生命之树才会长青。我们在工作中，经常会碰到压力，你就要学会减压，要想办法去旅游去玩，甚至像年轻人那样去听音乐会，去唱歌，这样你就会忘却工作当中的烦恼和压力，找到心理的平衡。有的时候，受了委屈，受到了不公平的待遇，心里会感到不爽，但你始终要明白，道路是曲折的，前途是光明的。有这样的心态你就会走得更远，你只有在各种运作当中，保持心态的平衡，保持身体的平衡，保持压力和动力的平衡，才能够真正地走向成功之路。

偶然和必然

很多事情看起来是偶然的，但是偶然中又有必然。现在很多人非常喜欢吃甜食，慢慢就养成了吃甜食的习惯。喜欢吃巧克力，喜欢吃甜点，哪怕喝水也要喝一些甜的饮料，所以在我们身边就出现了很多胖子。中国为什么目前有 8 000 多万糖尿病人？就是因为过量的甜食、过量的碱性食品严重危害了人的健康。很多人不知道经常过量吃甜点和垃圾食品，可能会给身体带来质的变化，那就是从偶然到必然。以上我指的是饮食方面的习惯，还有一个是思想上的习惯。现在有些年轻人很懒，不思进取，一般这种人的家境都很好，因为没有生活压力，所以也不工作，白天打游戏，夜里泡酒吧。我家对面有一家上海知名的酒吧，每天深夜有大批的年轻人蜂拥而至，他们一般要狂欢到凌晨两三点。这些人饱食终日，无所用心，真令人为他们担忧。现代社会科技高速发展，可以以一日千里来形容，这些懒散之人在现在科技改变世界的社会中，浑浑噩噩地度日，一定不会再有成功的机会，因为懒散会使一个人的思维逐渐走向迟钝，这是必然的趋势。在其他领域也有类似的从偶然到必然的情况发生。所以我们必须注意那些偶然发生的事情，防微杜渐，审时度势，权衡利弊，从长计议，这样才能把一个好的起点变成成功的必然。

为什么睡不着

人的身体健康和睡眠质量有非常大的关系。如果你的睡眠是一种很良好的深度睡眠的状况，那么生命之树就会长青。相反，如果睡得很少或者睡眠质量比较差，这就可能会带来很多问题。

我感觉到，我的睡眠是需要调整和改善的，主要的原因是我每天要承受大量的工作压力，每天要进行长时间的思考。有时候这些工作压力与思考会让我纠结，无法摆脱，于是到了晚上，就会面对“青灯照壁，残月临窗”景象，睡不好觉。当然也存在其他的原因，比如看足球比赛，因为过于兴奋，半夜便睡不着觉，第二天萎靡不振，工作毫无效率。所以睡眠好是一个非常重要的问题，但是真正要做到这一点也是很不容易的。我现在开始重视了这个问题，晚上尽量做到按时睡觉。“按时”和“放下”是非常重要的，你只有能够放下，什么都不去想了，那么经过有质量的、深层次的睡眠，你就会迎来一个金色的黎明。睡眠这件事对任何人都很重要，但要临睡前把自己放空，做到“去留无意，笑看天边云卷云舒”也不是一件容易的事，这需要修行，需要我们有苏东坡那样旷达的情怀。

和衰老做斗争

新陈代谢是人生不可抗拒的规律，一个人从青少年到中年然后渐渐地到老年，这是一个自然渐进的过程。上海 60 岁以上的老人，已有几百万，我们已进入了一个老年社会。人到老了的时候，在心理上会出现很多变化，很多人会感到孤独、焦虑、惶恐、无助、迷茫，还有伴随着年龄不断地增加，身体也会出现各种各样的病痛。2020 年新冠病毒在全球爆发，使不少患病的老人离开了这个世界，也有不少的人在心理上出现了问题。最近钟南山在一次讲话中特别提到，我们国家经过艰苦的努力，基本上控制了新冠病毒的蔓延，但是当前特别要注意许多人的心理健康问题，要注意心理上的新冠病毒。这个话已说得非常精准，人老了，体质衰弱并不可怕，可怕的是精神的衰老。有一次，我们朋友在聊天，我们谈到一个现象，有些老年人退休以后无所事事，也不参加什么体育运动，于是身体就出现许多问题，迅速地衰老，甚至出现老年痴呆的现象；还有一些老年人退休后太闲，闲则生忧，有时候反复评论国际形势，对中美贸易摩擦忧心忡忡，常常语出惊人，被称为“老愤青”。这都是要特别值得我们注意的。我们要想一想水稻之父袁隆平，90 岁高龄还是田里进行科研活动。还有无数的智慧老人，他们也在各自的领域、用各自的方式来为这个社会尽自己最大的努力发出自己的光和热。他们的精神感天动地，他们的业绩与世长存，这难道不是我们追求的人生吗？这也告诉了所有的老年人，要有强大的内心，要用乐观的心态去看待衰老。做自己感兴趣的事，是我们度过老年时光的最佳选择，也是抵抗衰老的良药。

碎片时间

科学家霍金在《时间简史》中说了一句很经典的话：“人类在时间这个巨人面前，永远是被驯服的。”意思就是，任何人都要受到时间的制约。当然，在时间面前，我们人类也不是被动的，我们可以充分地利用时间来实现我们的梦想。比如在现实生活中，充分利用碎片的时间，就是一门学问。很多人说自己平时很忙碌，没有时间看书，没有时间学习，我是不以为然的。我平时看很多的书，可以说我是个博览群书的人。家里面东西不多，就是书多。我看书有个诀窍，比如说一本长篇小说，几十万字，我几个小时就能看完。很多人不相信，有人问我这部长篇小说里说了什么，我就能比较准确地说出里面的主要内容，为此有很多人感到很吃惊。我通过长期地读书，掌握了读书的规律，学会了把一本很厚的书读薄。我平时是个非常忙碌的人，常态都是眼睛一睁忙到熄灯，所以我经常运用大量的碎片时间来读书。

我认为，是碎片时间拉开了人与人之间的距离，就如鲁迅先生说的，他的成功就是把别人喝咖啡的时间用在了读书上。生活中有很多时段都是可以用来学习的，包括乘火车、坐地铁、等人、排队，等等。我在看电影的时候，如果觉得电影里面有一句话特别好，我就会立即把手机拿出来，认真做好记录。在漆黑的电影院中，有谁会愿意因为听到某一句话而把它写在手机上，很多人都不会，但是我能坚持，而且很享受这个过程。我想告诉我的各位朋友，你们要善于科学地利用各种碎片时间，这样的话，你的人生会就此而精彩，你的人生也会就此而延长。

在奋斗的路上找到人生

我有一个朋友何涛，他早年在德国留学并工作，随后又回到国内来发展。通过努力奋斗，几年后担任了上海跨国采购中心的总经理。上海跨国采购中心主要是做跨国采购和联合国采购的工作，跨国采购中心与我们协会已有长达 19 年的战略合作，所以我与他联系非常多。他在跨国采购中心整整做了 14 年的总经理，他的工作得到了有关部门的高度认可。有一天他来找我，对我说他萌动了一个强烈的想法，想自己出来创业。我当时就对他说，这件事情关系重大，你要慎之又慎，因为在中国独自创业是一条非常艰辛的道路。他经过反复的斟酌，最后还是毅然地下了海。果不其然，他创办的企业碰到了巨大的困难。有一天他突然给我打电话，我问他在什么地方，他说他独自一人在茫茫的戈壁滩驾车。他告诉我说，公司破产了，他现在失业了，所以独自一人来到戈壁滩，思考今后的路怎么走。我对他说，我们在一起合作跨国采购和联合国采购工作已经有十多年了，我记得有一次有个联合国的采购官员问我：为什么你们碰到这么多的困难，还能坚持这么久的时间？我说坚定是一种信念，坚持是一种精神，坚守是一种信仰。做跨国采购、联合国采购，就要有初恋般的激情、大海般的胸怀、钢铁般的意志、冰山般的沉静、逆风飞扬的气质、追求卓越的风范、永不言败的精神。我说你现在碰到这点小小的挫折不算什么，你要勇敢地站起来继续走下去。我的话似乎打动了他，他回上海后又组建了一个新的公司，全力以赴地做联合国采购的项目，经过几年的艰苦奋斗，他的公司渐渐走上正轨。特别是在今年新冠病毒肆虐的情况下，联合国采购和世界卫生组织的大批的订单都来到中国，他的公司业务出现了逆势增长的态势。在人生的道路上，每个人都会碰到很多难处，所以我们要有“行到水穷处，坐看云起时”的心态，坦然面对人生的绝境。当一个人把得失放下了，或许就会迎来新的人生。

不忘初心

我的父母，戎马一生，历尽艰辛。我清晰地记得多年前在我父亲的追悼会上，对我父亲作了这样的评价：“清贫来廉洁去，一身正气，两袖清风。”老一辈革命者的那种高风亮节是我们做人的榜样。我国改革开放以来，社会取得了巨大的发展，但是也出现了一些问题，我们有些人，由于忘了初心就栽了跟头。一个人要经得起各种诱惑，因为贪婪是人生大忌，要敬畏法律，手莫伸，伸手必被捉，要守得住寂寞，留得住清贫，挡得住诱惑，清清白白做人，依法依规经商，过简朴的生活，过高尚的生活，过谦卑的生活。生命的质量在于敬畏生命、敬畏法治。生命的尊严在于堂堂正正做人，这才是生命真正的底色。所以在当代社会，唯一不变的是变化，变化虽不可测，但是有一点是可以预计的，如果在人生的道路上忘了初心，那一定是要跌大跟斗的。

拥抱变化

到了我这个年龄，鱼尾纹已越来越清晰了，这是岁月与命运交织的刻线。当下的中国每一天都在发生日新月异的变化，像我这样年龄的人有太多的不适应，比如人工智能、区块链、数字经济和林林总总的高科技，都需要我们去学习。如果不去适应这种变化，就会跟不上时代，就会寸步难行。所以对我来说，已痛切地感受到人的一生就是学习的一生。除了要学习掌握高科技知识之外，我觉得一个人还要学习一点生物学，知道人是什么；再学一点哲学，知道人为了什么；再学一点历史，知道要干什么；再学一点经济学，知道要得到什么；再学一点战略学，知道人生最重要的是什么。这样的话才能集天下浩然之气过真正有意义的人生。我们就是要目标引领人生，大气书写人生，意志铸就人生，快乐挥洒人生，健康伴随人生，经典品味人生。我常常反思我自己，觉得自己有很多的不足，我有很多的东西都不懂，经常会产生烦恼，但是烦恼就是智慧。我写了一首《八声甘州》词，可以说这首词写的就是我的心声，现附录于此文之后。

八声甘州

瞬星移、斗转变神州，几番洗春秋。望断南飞雁、一日不学，惆怅依旧。常念见贤思齐，沉思黄昏后。唯有长江水，无语东流。　　时光不能倒流，唯真情永有，静思心头。感年来踪迹，长街独行走。学老友、从善如流。勤自省，天际识归舟。我知我，良师益友，唯有叩首。

图书在版编目(CIP)数据

生命重于泰山 / 冯郑州著 .— 上海 ：上海社会科学院出版社，2020

ISBN 978-7-5520-3381-6

Ⅰ. ①生… Ⅱ. ①冯… Ⅲ. ①散文集—中国—当代 Ⅳ. ①I267

中国版本图书馆 CIP 数据核字(2020)第 241733 号

生命重于泰山

著　　者：冯郑州
出 品 人：佘　凌
责任编辑：陈如江
封面设计：周清华
出版发行：上海社会科学院出版社
　　　　　上海顺昌路 622 号　邮编 200025
　　　　　电话总机 021-63315947　销售热线 021-53063735
　　　　　http://www.sassp.cn　E-mail:sassp@sassp.cn
照　　排：南京理工出版信息技术有限公司
印　　刷：上海市崇明县裕安印刷厂
开　　本：889 毫米×1194 毫米　1/32
印　　张：7.25
插　　页：1
字　　数：116 千字
版　　次：2020 年 12 月第 1 版　2020 年 12 月第 1 次印刷

ISBN 978-7-5520-3381-6/I·420　　定价:48.00 元